ぬりえ

先《せん》生《せい》をぬってみよう！

怪談 オウマガドキ学《がく》園《えん》

図工室《ずこうしつ》のふしぎな絵《え》

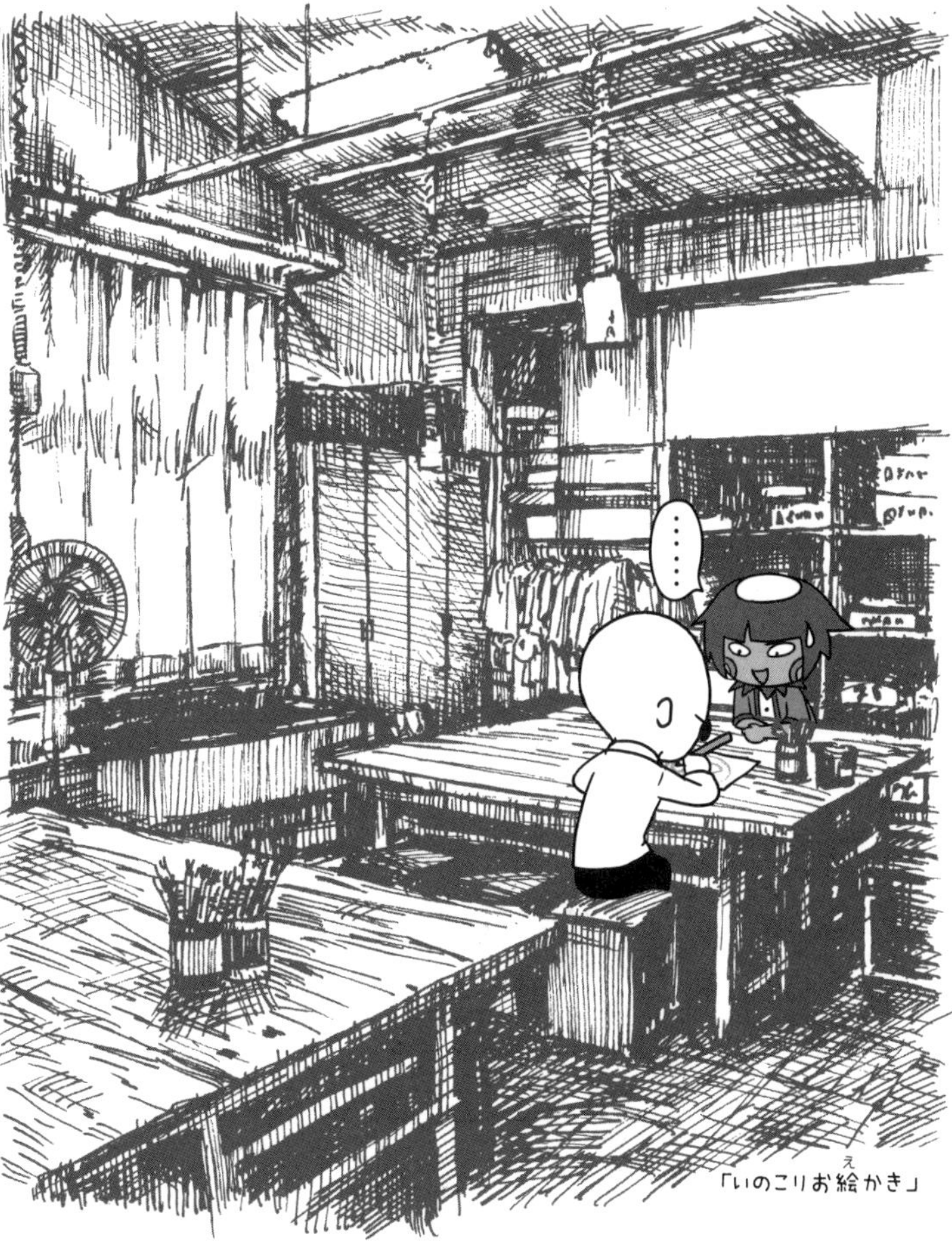

「いのこりお絵《え》かき」

怪談オウマガドキ学園編集委員会
責任編集・常光徹　絵・村田桃香 かとうくみこ 山﨑克己

どこかにあるけど
どこだかわからない
この世《よ》とあの世《よ》の
さかいめあたり

昼《ひる》と夜《よる》とがまじりあう
オウマガドキは
ふしぎの時間《じかん》

とびらがひらけば
そこが入《い》り口《ぐち》
クラスメートは
オバケと幽霊《ゆうれい》と妖怪《ようかい》と……

さあ、もうすぐ授業《じゅぎょう》がはじまるよ

「図工室《ずこうしつ》のふしぎな絵《え》」の時間割《じかんわり》

はじまりのHR《ホームルーム》

「ああ、おそくなってしまって、すまんすまん」

キジムナー赤毛先生《あかげせんせい》が、汗《あせ》をかきかき、もえるように赤《あか》い毛《け》をかきあげながら、教室《きょうしつ》に入《はい》ってきました。

「先生《せんせい》、頭《あたま》から白《しろ》いオーラが出《で》ていますよ！」

と、猫又《ねこまた》ニャン子《こ》がいうと、

「ちがうよ！」「湯気《ゆげ》だよ！」

と、教室中《きょうしつじゅう》が笑《わら》いにつつまれました。

「さて、今日《きょう》の授業《じゅぎょう》は、色《いろ》についての勉強《べんきょう》だよ。みんなのまわりには、どんな色《いろ》がある？」

と先生《せんせい》がたずねると、

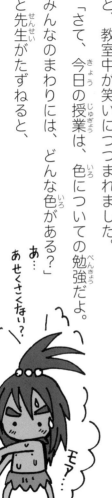

「河童《かっぱ》の一平《いっぺい》の体《からだ》は、緑色《みどりいろ》！」

「トイレそうじのおばさんのムラサキババアは、紫色《むらさきいろ》！」

「タンタンコロリンは、オレンジ色《いろ》！」

「いや、ぼくはオレンジじゃなくて、柿色《かきいろ》だよ！」

と、柿《かき》ぼうやのタンタンコロリンが口《くち》をとがらせて、いいました。

「花子《はなこ》の顔《かお》とゆき子《こ》の髪《かみ》の毛《け》は、水色《みずいろ》だね」

おたがいの顔《かお》や体《からだ》を見《み》まわしながら、教室《きょうしつ》

中《じゅう》からいろいろな声《こえ》があがりました。

そのとき、ぬらりひょんぬらりんがものしり顔《がお》でいいました。

「色《いろ》には、絵《え》の具《ぐ》のようにまぜたときにだんだん黒《くろ》くなっていく色《いろ》の三原色《さんげんしょく》と、まぜていくと白《しろ》くなる光《ひかり》の三原色《さんげんしょく》があるんだ」

「きみは、なんでもよくしっているね。だが、みんなに考《かんが》えてほしいのは、色《いろ》のもつ意味《いみ》や力《ちから》についてだ。今日《きょう》の授業《じゅぎょう》をよく聞《き》いて、絵《え》にかいてほしいんだ」

そういって、キジムナー赤毛先生《あかげせんせい》は、たずねました。

「まず、道路《どうろ》や鉄道《てつどう》にある信号《しんごう》の赤《あか》は、どんな意味《いみ》だかわかるね？」

「とまれ！」「ストップ！」

「そうだね。でも、信号《しんごう》だけでなくて、赤《あか》を見《み》たとき、これ以上《いじょう》進《すす》めないとかにげなくちゃって、思《おも》ったことないかな？」

「はい！　ぼくたち火《ひ》の玉《たま》は、ときどき火事《かじ》を見《み》にいくことがあるけど、たまにむかしの

いいつたえをしっているおばあさんがいて、着物《きもの》の下《した》につけている赤《あか》い腰巻《こしまき》をふって火《ひ》をおいかえそうとするんです。赤《あか》い布《ぬの》をふられると、火《ひ》はその家《いえ》には近《ちか》づけません」

「いい例《れい》だ。ほかにないかな？」

「赤《あか》いパンツにも近《ちか》づけません。悪《わる》い子《こ》のお腹《なか》をひやして下痢《げり》をさせてやろうと思《おも》っても、赤《あか》いパンツをはいている子《こ》には手《て》が出《だ》せません」

とトイレの花子《はなこ》がいいました。

「はい、ぼくは赤《あか》い鳥居《とりい》がくぐれません。まあ、くぐりたくもないけど。赤《あか》い鳥居《とりい》はバリアで、そのむこうは空気《くうき》がぜんぜんちがう感《かん》じなんだ」

と、ろくろくびのび太《た》がいいました。

「みんな、なかなかよくわかっているね。失敬《しっけい》な話《はなし》だが、人間界《にんげんかい》では『赤《あか》は魔《ま》よけ』といって、われわれが近《ちか》づけないように赤《あか》い色《いろ》でまもっているんだ！」

「人間《にんげん》のもっているおまもり袋《ぶくろ》も赤《あか》い色《いろ》のものが多《おお》いよね」

キツネのコン吉《きち》が、思《おも》いだしたようにいいました。

「じゃあ、はじまりのＨＲ《ホームルーム》はここまで」

そういうと、キジムナー赤毛先生《あかげせんせい》は教室《きょうしつ》から出《で》ていきました。

課題《かだい》　自分《じぶん》の顔《かお》をかこう！
へ…へただなあ～
こんなだったかな！
そろばん大《おお》きくかいちゃった…！
虹《にじ》は七色《いろ》でできているんだ
どんな虹《にじ》でも色《いろ》の順番《じゅんばん》はいっしょだよ！
自分《じぶん》の顔《かお》をかくんだぞ～
へへ…かっこよくかいちゃおう
ちょっと～!!ニャン子《こ》！
ニャニャ～!!

オウマガドキ学園《がくえん》に出《で》てくる

学《がく》園《えん》関《かん》係《けい》者《しゃ》紹《しょう》介《かい》

ムラサキババア

そうじのおばさん。トイレの妖怪《ようかい》で、そうじとおしゃれが大好《だいす》き。好《す》きな色《いろ》はもちろん紫《むらさき》。となりのトイレにいる花《はな》子《こ》と美《うつく》しさをきそいあっている。ときどき人間界《にんげんかい》のトイレにあらわれて、子《こ》どもをこわがらせている。

はでな服《ふく》や
アクセサリーが大好《だいす》き

花子《はなこ》とのいいあらそいが
たえない

ゆかいで楽《たの》しい
オウマガドキ学園《がくえん》の

生《せい》徒《と》紹《しょう》介《かい》

かみなりのピカゴロ

虎皮《とらがわ》のパンツをはいて金棒《かなぼう》をもっている。お父《とう》さんの手《て》つだいで夕立《ゆうだち》をふらせることもある。自分《じぶん》でも雨雲《あまぐも》を作《つく》ったり、いなずまを光《ひか》らせたりできるが、まだまだ力不足《ちからぶそく》で、小《ちい》さい雲《くも》しか作《つく》れない。

タンタンコロリン

丸《まる》い坊主頭《ぼうずあたま》で赤《あか》い顔《かお》、いつもオレンジ色《いろ》の服《ふく》を着《き》ている。体《からだ》が大《おお》きくて強《つよ》そうだが、じつは無口《むくち》なはずかしがりや。体《からだ》をなめるととても甘《あま》いが、あまりなめられるとやせてひょろひょろになってしまうらしい。

1時間目《じかんめ》

黄色《きいろ》か水色《みずいろ》か

大島清昭《おおしまきよあき》

ぼくがかよう小学校《しょうがっこう》の図書室《としょしつ》には、一枚《まい》の絵《え》がかざってある。黄色《きいろ》いドレスを着《き》たわかい女《おんな》の人《ひと》が、文庫本《ぶんこぼん》みたいな小《ちい》さな本《ほん》を読《よ》んでいる絵《え》だ。三年生《ねんせい》になって、これまでより本《ほん》をかりるようになってから、その絵《え》を見《み》ることが多《おお》くなった。

「図書室《としょしつ》のさ、黄色《きいろ》い服《ふく》の女《おんな》の人《ひと》の絵《え》ってゆうめいなの？」

夕食《ゆうしょく》のときに、五年生《ねんせい》の姉《あね》にたずねてみた。

「黄色《きいろ》って？　え？　図書室《としょしつ》の絵《え》だよね？」

「うん」

「あの女《おんな》の子《こ》のドレスって水色《みずいろ》でしょ？」

ぼくは自分《じぶん》の耳《みみ》をうたがった。

「水色《みずいろ》って？」

「だ・か・ら、本《ほん》を読《よ》んでる女《おんな》の子《こ》の絵《え》でしょ？」

「うん」

「じゃあ、ドレスは水色《みずいろ》じゃん」

姉《あね》はそう断言《だんげん》したけれど、ぼくはぜんぜん

なっとくできなかった。いくらぼくだって、黄色《きいろ》と水色《みずいろ》を見《み》まちがえるなんてありえない。

「姉《ねえ》ちゃんこそへんだよ。あの絵《え》のドレスは黄色《きいろ》だよ」

「水色《みずいろ》ですぅ。ぜったい水色《みずいろ》ですぅ」

ぼくも姉《あね》もがんこだから、どっちも自分《じぶん》の主張《しゅちょう》をゆずらない。

それでけっきょく、つぎの日《ひ》にいっしょにたしかめることになった。

昼休《ひるやす》みになって、ぼくたちふたりは図書室《としょしつ》へ行《い》った。問題《もんだい》の絵《え》は、図書室《としょしつ》に入《はい》ってすぐの場所《ばしょ》にかざられている。その絵《え》を見《み》て、ぼくはあぜんとしてしまった。ドレスの色《いろ》は姉《あね》がいったとおり、水色《みずいろ》だったのだ。

「ほらね！　アタシがいったとおりでしょ？」

勝《か》ちほこる姉《あね》。ぼくはなにもいえなかったけれど、わりきれない気持《きも》ちだった。

三日後《みっかご》のことだ。学校《がっこう》から帰《かえ》ってきた姉《あね》はすこし興奮《こうふん》して、ぼくの部屋《へや》にとびこんできた。

「今日《きょう》は黄色《きいろ》だった！」

姉《あね》の話《はなし》では、図書室《としょしつ》へ行《い》ったときにあの絵《え》を見《み》たら、今度《こんど》はドレスの色《いろ》が黄色《きいろ》だったというのだ。ぼくも姉《あね》もこんらんした。ふたりとも黄色《きいろ》のドレスも、水色《みずいろ》のドレスも、ちゃんと見《み》ている。見《み》まちがえなんてことはないだろう。だとしたら……。

「絵《え》がふたつあるんじゃないのかな？」

ふいに姉《あね》がそういった。

たしかにそれなら、色《いろ》がかわった説明《せつめい》がつく。だけど、それじゃいったいだれがなんのために、二枚《まい》の絵《え》をとりかえてかざっているのだろうか。

そのつぎの日《ひ》、ぼくと姉《あね》は涼子《りょうこ》先生《せんせい》にあの絵《え》について質問《しつもん》をすることにした。涼子《りょうこ》先生《せんせい》は姉《あね》の担任《たんにん》で、図書室《としょしつ》の担当《たんとう》をしている。それにこの小学校《しょうがっこう》の卒業生《そつぎょうせい》だ。

ぼくは姉《あね》につれられて、職員室《しょくいんしつ》の先生《せんせい》の机《つくえ》へ行《い》った。

「先生《せんせい》、図書室《としょしつ》にかざってある絵《え》について聞《き》きたいんですけど」

姉《あね》がそう声《こえ》をかけると、先生《せんせい》は丸《まる》メガネのふちを指先《ゆびさき》であげた。

「あの絵《え》は『読書《どくしょ》する娘《むすめ》』ってゆうめいな絵《え》の複製《ふくせい》だよ。作者《さくしゃ》はね、えっと……」

先生《せんせい》は机《つくえ》の上《うえ》のパソコンで作者名《さくしゃめい》をしらべる。

「ジャン・オノレ・フラゴナールね！」

パソコンの画面《がめん》にうつった『読書《どくしょ》する娘《むすめ》』は、黄色《きいろ》いドレスを着《き》ていた。

「あの絵《え》って二枚《まい》あるんですか？」

姉《あね》がそうたずねると、先生《せんせい》はメガネの奥《おく》の瞳《ひとみ》を大《おお》きくした。

「いいえ。あの絵《え》は一枚《まい》しかないけど……もしかして見《み》たの？　色《いろ》がかわっているのを」

「は、はい！」

「ぼくも見《み》ました。黄色《きいろ》の日《ひ》と水色《みずいろ》の日《ひ》があるんです」

「なつかしい話《はなし》ね」

先生《せんせい》はそういって、ほほ笑《え》んだ。

「どういうことですか？」

「先生《せんせい》が小学生《しょうがくせい》のときも、あの絵《え》は図書室《としょしつ》にあってね、そのころからあの絵《え》のドレスの色《いろ》は黄色《きいろ》から水色《みずいろ》にかわることがあったの。最近《さいきん》はずっと聞《き》かなかったけどね。先生《せんせい》が子《こ》どものころは、みんなしってる学校《がっこう》の怪談《かいだん》だったのよ」

怪談《かいだん》というひびきに、ちょっとドキドキした。

「先生《せんせい》も見《み》たんですか？」

ぼくは思《おも》いきって質問《しつもん》した。

「もちろん、見《み》たことあるわよ」

「どうして色《いろ》がかわるんです？」

姉《あね》がたずねると、先生《せんせい》は「う〜ん」とうなった。

「それは先生《せんせい》にもわからない。でもね、きっと絵《え》の中《なか》の女《おんな》の子《こ》も、オシャレしたくなるときがあるんでしょうね」

先生《せんせい》はそういってウインクした。

公園墓地《こうえんぼち》の公衆電話《こうしゅうでんわ》

望月正子《もちづきまさこ》

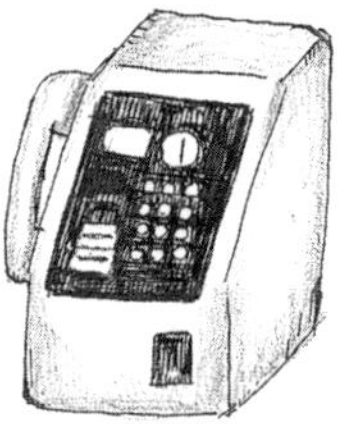

三月《がつ》も終《お》わりに近《ちか》いある日《ひ》、めずらしく家《いえ》の電話《でんわ》がなった。

「もしもし、わたしだけど、花《はな》がきれいよ。見《み》にきて。これからはもう、電話《でんわ》もできなくなるの、見《み》にきてねっ」

電話《でんわ》の主《ぬし》は早口《はやくち》でそういうと、いきなりカシャッときってしまった。

えっ！　わたしってだれ？

親《した》しげに話《はな》すその声《こえ》に聞《き》きおぼえはあるのだけれど……。親《した》しい人《ひと》な

ら、このところほとんど携帯電話《けいたいでんわ》にかけてくるし、携帯《けいたい》なら着信記録《ちゃくしんきろく》ものこる。だけど、わが家《や》の電話《でんわ》には記録《きろく》されないからしらべようもない。

「花《はな》がきれいよ……」

耳《みみ》にのこった声《こえ》を思《おも》いかえして、はっとした。

「えっ、愛子《あいこ》さん？　そんな、まさか……」

愛子《あいこ》さんなら二十年《ねん》も前《まえ》に亡《な》くなっていた。

だからありえないけど、ちょっとせっかちそうなあの話《はな》し声《ごえ》は、彼女以外《かのじょいがい》に考《かんが》えられない。

名《な》のりもしないで電話《でんわ》をきるところも、愛子《あいこ》さんらしいといえばいえる。

愛子《あいこ》さんは高校生《こうこうせい》のころからの親友《しんゆう》で、進《すす》む道《みち》はちがっても、ずっとつきあいのつづいた仲《なか》よし四人組《にんぐみ》のひとりだった。会《あ》えるのは一年《ねん》に二回《かい》か三回《かい》だけど、よく電話《でんわ》でおしゃべりをしていた。

おしゃれではなやかで活発《かっぱつ》で、一番《いちばん》はやく結婚《けっこん》したので一番《いちばん》はやく子《こ》どもや孫《まご》が生《う》まれ、わかいおばあちゃんになったばかりだった。

「ぜったい、おばあちゃんなんてよばせないわ」

といってたくせに、孫《まご》には「わたしがばーばよ」なんて、キャラキャラ笑《わら》って……。なのにとつぜん、自分《じぶん》で車《くるま》を運転中《うんてんちゅう》、事故《じこ》にあって……。

のこされた三人《にん》は、それからもお墓《はか》まいりをかねてあつまっていた。

でも、それぞれくらしもかわり、月日《つきひ》もすぎて年《とし》をとり……。

そういえば、しばらくお墓《はか》まいりに行《い》ってなかったな、と思《おも》ったら、さっきの電話《でんわ》は、愛子《あいこ》さんにちがいないと思《おも》えてきた。すぐにほかのふたりに電話《でんわ》で話《はな》したら、

「夢《ゆめ》でも見《み》たんじゃないの」

と笑《わら》われたけど、

「でもひさしぶりに会《あ》おうよ。愛子《あいこ》さんのお墓《はか》まいりにも行《い》こうよ」

と、とんとんと話《はなし》がまとまった。

つぎの日《ひ》、三人《にん》は最寄《もよ》りの駅《えき》に集合《しゅうごう》し、さらにバスでお墓《はか》にむかった。

バス停《てい》から公園墓地《こうえんぼち》のある丘《おか》にむかってのぼると、桜《さくら》にはすこしはやかったけど、ちょうど黄色《きいろ》いレンギョウの花《はな》ざかりだった。墓地《ぼち》の入《い》り口近《ぐちちか》くにある公衆電話《こうしゅうでんわ》ボックスのまわりも、広《ひろ》い墓地《ぼち》の区画《くかく》をしきる垣根《かきね》もレンギョウの黄色《きいろ》につつまれている。

「うわぁ！　そういえば、愛子《あいこ》さんを見《み》おくった日《ひ》もこんなだったね」

「あの日《ひ》は、この花《はな》の黄色《きいろ》があかるすぎて、目《め》にまぶしかったなぁ」

いま思《おも》えば、まだわかくてはなやかだった彼女《かのじょ》にぴったりの情景《じょうけい》に思《おも》える。夏《なつ》にはムクゲ、秋《あき》にはハギの花《はな》がさき、冬《ふゆ》にはサザンカが垣根《かきね》をいろどる。一年中花《いちねんじゅうはな》がさくように設計《せっけい》された、公園《こうえん》のような墓地《ぼち》なのだ。

「そういえば四人《にん》で、樹齢《じゅれい》千五百年《ねん》の薄墨桜《うすずみざくら》を見《み》にいったことがあったわね」

「そう、青春十八《せいしゅんじゅうはち》きっぷで往復《おうふく》十時間《じかん》もかけて。でもおしゃべりが楽《たの》しくて、ちっともたいくつしなかった」

「あのとき愛子《あいこ》さん、みんなのお弁当《べんとう》を作《つく》ってきてくれたわよね」

「売店《ばいてん》で買《か》った大《おお》きな夏《なつ》みかんを、ひとりで二個《こ》も食《た》べて、みんなであきれたっけ」

〃偲《しのぶ》〃と書《か》かれた墓石《はかいし》の前《まえ》で、三人《にん》はしばらく思《おも》い出話《でばなし》に花《はな》をさかせた。

「あーあ、思《おも》い出《で》の中《なか》の愛子《あいこ》さんはわかいまま。きっとおばあさんになったわたしたちを見《み》て、けらけら笑《わら》っているだろうね」

おまいりをすませ、わたしたちはきた道《みち》をひきかえした。すると、入《い》り口近《ぐちちか》くの公衆電話《こうしゅうでんわ》から、黄色《きいろ》いワンピースの人《ひと》がひらりととびだし、あっというまにきえて見《み》えなくなった。

「愛子《あいこ》さん？」

わたしたちは顔《かお》を見《み》あわせた。

わたしは近《ちか》くで草《くさ》とりをしていた男《おとこ》の人《ひと》にかけよって聞《き》いた。

「いま、ここをだれかとおりましたか？」

「いや、今朝《けさ》はやく家族《かぞく》づれは何組《なんくみ》か見《み》たが、いまはあんたがただけしか見《み》なかったな」

公衆電話《こうしゅうでんわ》をのぞくと、まわりのレンギョウをうつして、受話器《じゅわき》まで黄《き》色《いろ》にいろどられていた。

男《おとこ》の人《ひと》がだれにともなくつぶやいた。

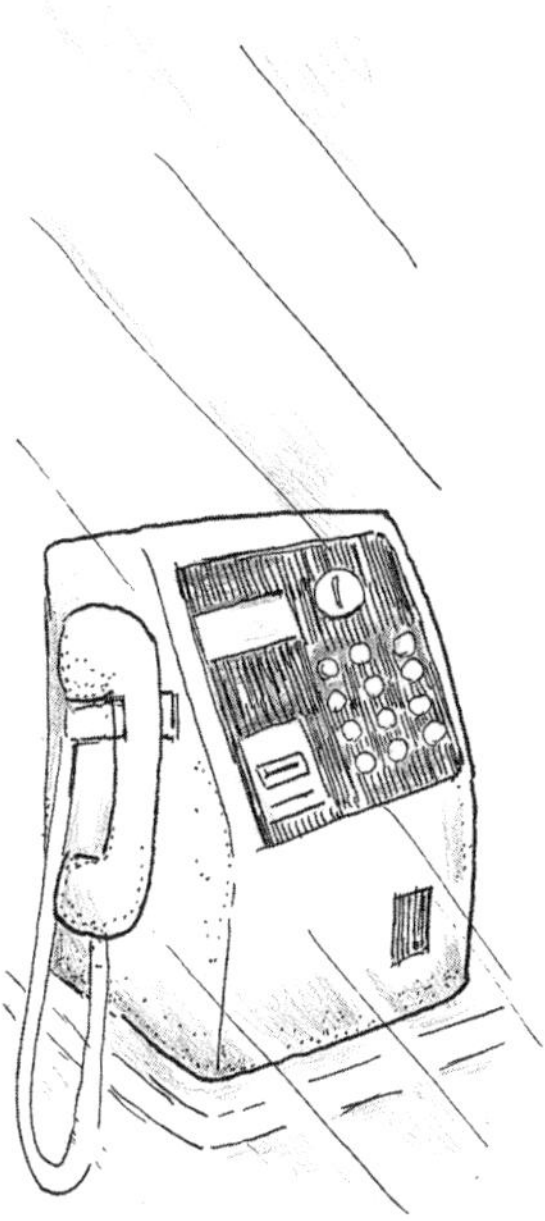

「その公衆電話《こうしゅうでんわ》、撤去《てっきょ》することになったんだがね。『とりはずしちゃあこまる』っていう電話《でんわ》が何本《なんぼん》もきて、管理事務所《かんりじむしょ》もまよっているんだよ。いまはみんな携帯《けいたい》もってるから、ほとんどつかわれちゃいないんだがね。いまどき公衆電話《こうしゅうでんわ》なんて、まさか墓《はか》の中《なか》の人《ひと》がつかうってことはあるまいし……」

「でもこの電話《でんわ》、つかう人《ひと》もいるんです。ぜひのこしてと、管理事務所《かんりじむしょ》におねがいしてくださいね」

わたしたちは、あわてててたのんでいた。

休《やす》み時間《じかん》

いろいろクイズ

言葉編《ことばへん》

難易度《なんいど》 ★☆☆

色《いろ》にまつわるいろいろなクイズ！
きみは何問正解《なんもんせいかい》できるかな？

1 みんなの前《まえ》ではずかしい思《おも》いをしたとき、つかわれる色《いろ》ってな〜んだ？

一、青《あお》っ恥《ぱじ》　　二、赤《あか》っ恥《ぱじ》

三、黄《きい》っ恥《ぱじ》　　四、白《しろ》っ恥《ぱじ》

2 「赤《あか》の他人《たにん》」という言葉《ことば》がありますが、どんな意味《いみ》でしょうか？

一、鬼《おに》のようにおこっている人《ひと》

二、恥《は》ずかしがり屋《や》の人《ひと》

三、ぜんぜんしらない人《ひと》

四、仲《なか》のいい友人《ゆうじん》

こたえは
159ページ

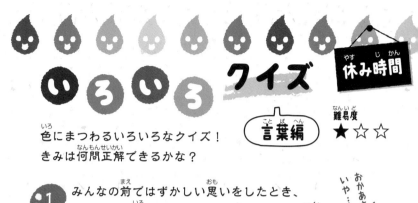

2時《じ》間《かん》目《め》

妖精《ようせい》の白《しろ》い牛《うし》

岩倉千春《いわくらちはる》

イギリスのウェールズ地方《ちほう》には、丘《おか》にかこまれた湖《みずうみ》がたくさんある。そんな湖《みずうみ》のひとつのバルフォグ湖《こ》の底《そこ》に、むかし、妖精《ようせい》たちがすんでいたそうだ。

夕方《ゆうがた》になると、妖精《ようせい》の女《おんな》たちが湖《みずうみ》の岸《きし》に出《で》てきて散歩《さんぽ》していることがあった。いつも緑《みどり》の服《ふく》を着《き》ていたので、「緑《みどり》の女《おんな》」ともよばれていた。緑《みどり》の女《おんな》たちは、白《しろ》い猟犬《りょうけん》をつれていた。牛《うし》もたくさんかっていて、とき

どき、妖精《ようせい》の牛《うし》の群《む》れが岸《きし》に姿《すがた》を見《み》せることもあった。どれも真《ま》っ白《しろ》で美《うつく》しく、体《からだ》つきもりっぱだった。

丘《おか》へ牛《うし》をつれてくる農夫《のうふ》たちは、妖精《ようせい》の牛《うし》を見《み》かけると、いつもうらやましく思《おも》っていた。

「一頭《いっとう》でいいから、あんなきれいな牛《うし》を手《て》に入《い》れてみたいものだなあ」

だが、人《ひと》が近《ちか》づいていくと、緑《みどり》の女《おんな》は犬《いぬ》と牛《うし》をつれて湖《みずうみ》の中《なか》へ帰《かえ》ってしまうので、遠《とお》くからながめることしかできなかった。

ところが、ある日《ひ》、ひとりのまずしい男《おとこ》が妖精《ようせい》の雌牛《めうし》を一頭《とう》つかまえた。男《おとこ》がかっている牛《うし》が気《き》に入《い》ったらしく、白《しろ》い牛《うし》が一頭《とう》だけ、湖《みずうみ》へ帰《かえ》らないで岸辺《きしべ》にのこっていたのだ。

思《おも》いがけない幸運《こううん》によろこんで、男《おとこ》は妖精《ようせい》の牛《うし》を丘《おか》のむこうの自分《じぶん》の家《いえ》へとつれて帰《かえ》った。

妖精《ようせい》の牛《うし》は、つぎつぎと子牛《こうし》を生《う》んで、子牛《こうし》がのみきれないほど、たっぷり乳《ちち》を出《だ》した。その乳《ちち》は、だれものんだことがないほどおいしくて、バターやチーズを作《つく》っても、すばらしい味《あじ》にできあがった。市場《いちば》へもっていくとバターもチーズも高《たか》い値段《ねだん》でとぶように売《う》れた。評判《ひょうばん》は遠《とお》くまでつたわって、おかげで男《おとこ》はどんどん裕《ゆう》福《ふく》になっていった。

生《う》まれた子牛《こうし》はどれも母牛《ははうし》そっくりのきれいな白《しろ》い牛《うし》ばかり。大《おお》きくなると、やはり真《ま》っ白《しろ》な子牛《こうし》を生《う》んだ。男《おとこ》は白《しろ》い牛《うし》を一頭《いっとう》も売《う》らずに大切《たいせつ》にしたので、牛《うし》はどんどんふえていった。

あるとき、男《おとこ》はふと思《おも》った。

「妖精《ようせい》の牛《うし》はだいぶ年《とし》をとってきたな。白《しろ》い牛《うし》はもうたくさんいるから、あいつは肉《にく》にして売《う》ってしまおう」

その日《ひ》から、男《おとこ》は妖精《ようせい》の牛《うし》を太《ふと》らせることばかり考《かんが》えた。すこしでも肉《にく》をふやして売《う》ろうというわけだ。えさをどっさりあたえると、牛《うし》は、もくもくもくもくと、いくらでも食《た》べて、みるみる太《ふと》っていった。やがて、見《み》たことがないほど大《おお》きな牛《うし》になった。

「そろそろいいころあいだ。肉屋《にくや》をよぶとしよう」

妖精《ようせい》の白《しろ》い牛《うし》を売《う》ると聞《き》いて、近所《きんじょ》の人《ひと》たちはもちろん、遠《とお》くからもおおぜいの人《ひと》があつまってきた。

「これだけ人《ひと》があつまれば、肉《にく》は高《たか》く売《う》れるだろう。今日《きょう》は一日《にち》ですごいもうけになりそうだ」

男《おとこ》ははやくもほくほく顔《がお》だった。

まるまると太《ふと》った妖精《ようせい》の牛《うし》がつれてこられて、くいにつながれた。牛《うし》は悲《かな》しそうに低《ひく》い声《こえ》でないていた。

でも、肉屋《にくや》はそんなことにはおかまいなしだ。一撃《いちげき》で牛《うし》をあの世行《よい》きにしようと、大《おお》きなナイフをふりあげた。

そのとき、するどいさけび声《ごえ》が遠《とお》くから聞《き》こえて、まわりの丘《おか》にこだました。

肉屋《にくや》がふりおろしたナイフは、すーっと牛《うし》をとおりぬけて、牛《うし》にはかすりきずひとつ、つかなかった。まるで牛《うし》の体《からだ》が空気《くうき》になってしまったかのようだ。

「これはいったい、どうしたことだ」

人《ひと》びとがぼうぜんとしていると、丘《おか》のほうからすんだ声《こえ》が聞《き》こえてきた。

おいでよ　おいで　湖《みずうみ》の迷《まよ》い牛《うし》
角《つの》があるのも　角《つの》がないのも

立《た》って　湖《みずうみ》へ帰《かえ》っておいで
声《こえ》がしたほうを見《み》ると、遠《とお》くの丘《おか》に緑《みどり》の女《おんな》がひとり立《た》っていた。
女《おんな》のよびかけにこたえるように、妖精《ようせい》の牛《うし》がひと声《こえ》ないた。すると、くいにつないであった縄《なわ》がひとりでにするりとほどけて、牛《うし》は丘《おか》のほうへ歩《ある》きはじめた。
牛《うし》の子《こ》どもも孫《まご》もひ孫《まご》たちも、草地《くさち》にいたものも、牛小屋《うしごや》に入《はい》っていたものも、ぞろぞろあとにつづいていった。かい主《ぬし》の男《おとこ》も見物人《けんぶつにん》たちも、あっけにとられて、ただだまって見《み》おくることしかできなかった。
牛《うし》たちは丘《おか》をのぼり、緑《みどり》の女《おんな》といっしょに丘《おか》をこえていって、二度《にど》と姿《すがた》を見《み》せなかった。

男《おとこ》ががっかりしたことといったらなかった。それでもあきらめきれずに牛小屋《うしごや》の中《なか》をのぞいてみると、たった一頭《とう》だけ、牛《うし》がのこっていた。しかし、真《ま》っ白《しろ》だったはずのその牛《うし》は、いつのまにか、カラスのように真《ま》っ黒《くろ》になってしまっていた。

いまもあちこちでかわれているウェールズの黒《くろ》い牛《うし》は、その牛《うし》の子孫《しそん》だといわれている。

青《あお》いストール

北村規子《きたむらのりこ》

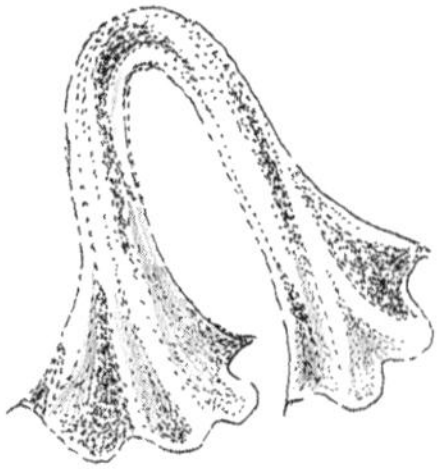

睦美《むつみ》には、大学《だいがく》の食堂《しょくどう》で、いつもいっしょにランチを食《た》べる友《とも》だちが三人《にん》いる。真由《まゆ》、晴香《はるか》、のぞみ。うけている授業《じゅぎょう》もそれぞれちがうので、四人《にん》がそろうのは、お昼《ひる》のこの時間《じかん》だけ。だから食事《しょくじ》もわすれて話《はなし》がはずみ、かなりさわがしいことになる。

一時間目《じかんめ》の授業《じゅぎょう》は八時《じ》五十分開始《ぷんかいし》だ。かなりはやく家《いえ》を出《で》ないとまにあわない。とくに今日《きょう》は雨《あめ》だからなおさらだ。

なんとか、ぎりぎりで授業《じゅぎょう》にはまにあった。

教室《きょうしつ》を見《み》まわしたが、おなじ授業《じゅぎょう》をとっている真由《まゆ》の姿《すがた》はなかった。

授業《じゅぎょう》がはじまった。真由《まゆ》はまだこない。とちゅう、うっかりシャーペンをおとした。ひろいながら、うしろに目《め》をやると、一番《いちばん》うしろの席《せき》に、ぽつんと真由《まゆ》がすわっていた。

（なんだ。遅刻《ちこく》だったんだ）

それにしても目立《めだ》つかっこうをしている。白《しろ》いシャツの首《くび》もとに幾重《いくえ》にもまかれた青《あお》いストールがあざやかだ。雨雲《あまぐも》の奥《おく》からようやく出《で》あえた青空《あおぞら》のように、ふかくてあかるい青《あお》いストールだった。

授業《じゅぎょう》が終《お》わった。

「真由《まゆ》……」

と声《こえ》をかけようとうしろをふりむくと、もう真由《まゆ》の姿《すがた》はなかった。

その後《ご》はいそがしくて食堂《しょくどう》に行《い》く時間《じかん》も、ランチを食《た》べる時間《じかん》さえもなかった。

つぎの日《ひ》。食堂《しょくどう》で真由《まゆ》に会《あ》った。なにを食《た》べるかなど話《はなし》をしながら、注文《ちゅうもん》をすませた。ランチののったトレーをもったまま見《み》まわすと、晴香《はるか》

とのぞみはすでに奥《おく》のテーブルで食《た》べていた。いつものように、席《せき》は四人分《にんぶん》ちゃんと確保《かくほ》してある。

「きのうはどうしたの？　真由《まゆ》も睦美《むつみ》もランチにこないんだもの。さみしかったよ」

のぞみがフォークをこちらにむけた。真由《まゆ》は食《た》べるのをやめてはずかしそうに笑《わら》った。

「えへへ。ごめん。雨《あめ》でめんどくさくなって、大学《だいがく》さぼっちゃった」

「えっ」

三人《にん》とも食《た》べるのをやめた。

「うそ。わたし一時間目《じかんめ》に見《み》たよ。白《しろ》いシャツで首《くび》に青《あお》いストールをぐるぐるまいていたじゃない」

思《おも》わず睦美《むつみ》はさけんでしまった。青《あお》いストールがまだ目《め》にやきついているのに。横《よこ》を見《み》ると、のぞみはフォークを右手《みぎて》ににぎりしめたまま、立《た》ちあがっている。

「えっ。わたし二時間目《じかんめ》に見《み》たよ。白《しろ》いシャツじゃないよ。クリーム色《いろ》の服《ふく》の上《うえ》に、青《あお》いストールをふわ～ってカーディガンみたいにはおっていたよ」

いいおわるとのぞみはぺたんとすわった。今度《こんど》は、晴香《はるか》が身《み》をのりだしてきた。

「ちょっと待《ま》ってね。わたしは食堂《しょくどう》の入《い》り口《ぐち》で見《み》たの。グレーのニットで、青《あお》いストールを肩《かた》にかけていたと思《おも》う。わたし、こっちこっちって手《て》をふったのに、ふっと見《み》えなくなったの。わたし、自分《じぶん》が、どうかしちゃったのかと思《おも》ってた」

(ねえ、どういうこと？　見《み》えなくなるって？　服《ふく》がちがうってなに？)

睦美《むつみ》は混乱《こんらん》したままだまっていた。

「ねえ。きのうなにしてたの。服《ふく》までかえて」

晴香《はるか》がたずねた。

真由《まゆ》は口《くち》をあんぐりあけたままだまっていた。それから話《はなし》をはじめた。

「きのう、雨《あめ》だからさぼったのはほんとうなの。じつはね、このあいだ、お父《とう》さんが外国《がいこく》のバザールで買《か》ったって、青《あお》いストールをお土産《みやげ》にくれたのよ。すごくきれいだったから、みんなに見《み》せようと思《おも》ってはりきっていたのね。でも、雨《あめ》だったでしょう。せきも出《で》て熱《ねつ》が出《で》そうだったから、大学《だいがく》に行《い》くのをやめちゃったの。それで、青《あお》いストールにあう服《ふく》やまき方《かた》を考《かんが》えて、鏡《かがみ》の前《まえ》でひとりファッションショーをしていたの。いま、みんなが

いっていた服《ふく》は、きのう、鏡《かがみ》の前《まえ》で着《き》ていた服《ふく》。うん、その順番《じゅんばん》で着《き》ていた、たしかに。髪型《かみがた》をかえたり、アクセサリーもかえて、お昼《ひる》ごろまでやっていたの。でも、ふしぎ。わたし、家《いえ》の鏡《かがみ》の前《まえ》にいたのよ」

「え〜。なんで？　ふしぎだね〜」

のぞみが声《こえ》をあげた。全員首《ぜんいんくび》をひねった。

みんながもりあがる中《なか》、睦美《むつみ》はぞっと背筋《せすじ》がこおりついた。

以前《いぜん》、オカルト好《ず》きの友《とも》だちがいっていたことをふと思《おも》いだしたからだ。

友《とも》だちがいうには、自分《じぶん》とそっくりの分身《ぶんしん》であるドッペルゲンガーがあらわれるのは不吉《ふきつ》なことだそうだ。江戸時代《えどじだい》、魂《たましい》がぬけだす病気《びょうき》だといわれていて、そんな病気《びょうき》になったら、まもなく死《し》んでしまうといわれていたらしい。

睦美《むつみ》は、ドッペルゲンガーの話《はなし》をいいかけたが、

（これは、真由《まゆ》にはいえない……）

そっと口《くち》をとじた。

休《やす》み時間《じかん》

いろいろクイズ

おばけ編《へん》

難易度《なんいど》 ★☆☆

1 幽霊《ゆうれい》の着《き》ている衣装《いしょう》は何色《なにいろ》でしょうか？

一、赤《あか》　　二、白《しろ》

三、黒《くろ》　　四、青《あお》(水玉《みずたま》)

2 雪山《ゆきやま》で遭難《そうなん》した人《ひと》たちが、山小屋《やまごや》に避難《ひなん》すると、雪女《ゆきおんな》があらわれました。雪女《ゆきおんな》がぐったりしている人《ひと》たちに「ハーハー」と白《しろ》い息《いき》をかけるのはなんのため？

一、いい夢《ゆめ》を見《み》させるため

二、凍死《とうし》させるため

三、口臭《こうしゅう》をチェックするため

四、息《いき》をふきかえさせるため

こたえは
159ページ

3時《じ》間《かん》目《め》

赤《あか》い髪《かみ》の女《おんな》

紺野愛子《こんのあいこ》

いまから三百年前《ねんまえ》、ブラジルの地《ち》はポルトガルの植民地《しょくみんち》だった。中西部《ちゅうせいぶ》の内陸《ないりく》には多《おお》くの金鉱《きんこう》があり、そこから流《なが》れてくる砂金《さきん》をとるため、アフリカからつれてこられた黒人奴隷《こくじんどれい》が、川《かわ》でたくさん働《はたら》かされていた。

夕方《ゆうがた》になると、奴隷《どれい》たちはその日《ひ》にとれた砂金《さきん》を主人《しゅじん》にわたす。その奴隷《どれい》たちの列《れつ》に、アントニオというやせた年《とし》よりがいた。

「アントニオ、これっぽっちしかないのか？」

「はあ、ご主人様《しゅじんさま》。これが精一杯《せいいっぱい》です」

「おい、こいつに鞭《むち》を十発《ぱつ》くれてやれ。飯《めし》はぬきだ」

主人《しゅじん》はケチで冷酷《れいこく》な男《おとこ》だった。

つぎの朝《あさ》、アントニオは奴隷小屋《どれいごや》をぬけだし、森《もり》へ入《はい》って泣《な》いた。

(腹《はら》はへるし、体《からだ》はいたいし、ああ、もう死《し》んじまいたい)

するとだれかが話《はな》しかけた。

「アントニオさん、なにが悲《かな》しいの?」

アントニオが顔《かお》をあげると、肌《はだ》が真《ま》っ白《しろ》でもえるような赤《あか》い髪《かみ》をした美《うつく》しい女《おんな》がのぞきこんでいた。アントニオが訳《わけ》を話《はな》すと、女《おんな》はほほえんだ。

「もう泣《な》かないで。わたしは金《きん》の女神《めがみ》よ。わたしに青《あお》いリボンと赤《あか》いリボンと黄色《きいろ》いリボン、それと鏡《かがみ》を買《か》ってきてちょうだい」

アントニオはなけなしのお金《かね》をにぎりしめ、走《はし》って近《ちか》くの町《まち》に行《い》き、リボンと鏡《かがみ》を買《か》ってきた。

赤《あか》い髪《かみ》の女《おんな》はリボンを髪《かみ》にむすび、その姿《すがた》を鏡《かがみ》でたしかめてニッコリした。そしてアントニオについてくるようにいった。女《おんな》はどんどん歩《ある》いていって、森《もり》をぬけ、川《かわ》に入《はい》った。

川《かわ》のあるところまでくると、女《おんな》はスーッと見《み》えなくなった。びっくりするアントニオの耳《みみ》に女《おんな》の声《こえ》が聞《き》こえた。

「ここをほってごらんなさい。でもこの場所《ばしょ》のことはだれにもいわないようにね」

アントニオは奴隷小屋《どれいごや》にもどり、砂金《さきん》をとる桶《おけ》をもってきた。女《おんな》がきえた場所《ばしょ》で砂《すな》をすくい、桶《おけ》をふると、キラキラした粒《つぶ》がたくさん出《で》てきた。砂金《さきん》だった。

たくさんの砂金《さきん》をあつめたアントニオは、よろこんで主人《しゅじん》のもとへ行《い》った。

（これで食《た》べものをもらえる！）

しかし、主人《しゅじん》は欲《よく》ばりだった。たくさんの砂金《さきん》を見《み》て目《め》を丸《まる》くし、アントニオにどこでとったかと聞《き》いた。

「川《かわ》です」

「川《かわ》のどのあたりだ？」

女《おんな》の言葉《ことば》を思《おも》いだしたアントニオは、おぼえていないとこたえた。

主人《しゅじん》は場所《ばしょ》を聞《き》きだそうと、アントニオをしばりつけ鞭《むち》で打《う》った。

しかしアントニオがわすれたといいはったので、主人《しゅじん》はあきらめ、アントニオを自由《じゆう》にした。

アントニオはよろよろと森《もり》に行《い》き、女《おんな》をよんだ。

「砂金《さきん》がとれないからと、鞭《むち》で打《う》たれました。とったら、今度《こんど》はとれた場所《ばしょ》を教《おし》えろと、鞭《むち》で打《う》たれました」

「じゃあ、場所《ばしょ》を教《おし》えてもいいわ」

と女《おんな》がいった。

アントニオは主人《しゅじん》にその場所《ばしょ》を教《おし》えた。主人《しゅじん》は奴隷《どれい》をたくさんつれてそこへ行《い》き、どんどんほらせた。

「おい、砂金《さきん》は出《で》たか？」

「ご主人様《しゅじんさま》！　砂金《さきん》どころか、金《きん》の塊《かたまり》が出《で》ました！」

なんと、大《おお》きな金《きん》の塊《かたまり》が顔《かお》を出《だ》した。ほってもほってもその金塊《きんかい》はつながっている。主人《しゅじん》は川《かわ》をせきとめさせ、奴隷全員《どれいぜんいん》にほらせた。

二日間《ふつかかん》ほったが金塊《きんかい》には切《き》れ目《め》がなく、穴《あな》はふかく大《おお》きくなり、ほり

だした砂《すな》はうず高《たか》くつみあがった。

主人《しゅじん》は興奮《こうふん》して、血走《ちばし》った目《め》をしてさけんだ。

「これでおれは世界一《せかいいち》の大金持《おおがねも》ちだ！」

三日目《みっかめ》の朝《あさ》、アントニオはあの女《おんな》によばれた気《き》がして、森《もり》に行《い》った。最初《さいしょ》に会《あ》った場所《ばしょ》に行《い》くと、女《おんな》の声《こえ》がした。

「正午《しょうご》になる前《まえ》に、あの穴《あな》からはなれなさい」

その日《ひ》、主人《しゅじん》はますますはりきり、鞭《むち》をふるってみなを働《はたら》かせた。

「こら、ほるんだ！　なまけるんじゃない！」

正午近《しょうごちか》くに、アントニオは主人《しゅじん》に声《こえ》をかけた。

「ご主人様《しゅじんさま》、気持《きも》ちが悪《わる》いんで、ちっと休《やす》ませてください」

「ちっ、すぐもどるんだぞ！」

アントニオが穴《あな》をはなれ、お日様《ひさま》が真上《まうえ》にきたそのとき、ゴ、ゴ、ゴゴと地《じ》ひびきがした。奴隷《どれい》たちは我先《われさき》に穴《あな》から出《で》たが、欲《よく》に目《め》がくらんだ主人《しゅじん》は金塊《きんかい》にだきついてさけんだ。

「こら、みんな、にげるな！　ほるんだ！」

そのとき、高《たか》くつみあげられた砂《すな》がゴーッとくずれおち、主人《しゅじん》は穴《あな》の底《そこ》にうまって死《し》んでしまった。

赤姫様《あかひめさま》

新倉朗子《にいくらあきこ》

ブルターニュのドゥアルヌネ湾《わん》の沖《おき》あいに、海《うみ》にしずんだイスの町《まち》があるといいつたえられている。そのむかし、グラロン王《おう》が支配《しはい》していたイスの町《まち》は、パリとならぶくらいにぎわっていた。ところが王《おう》の娘《むすめ》の美《うつく》しいアエス王女《おうじょ》の行《おこな》いは目《め》にあまった。毎晩《まいばん》わかい男《おとこ》をよびこみ、ひと晩相手《ばんあいて》をさせたあと、あくる日《ひ》には海《うみ》に投《な》げこんだ。こうした行《おこな》いがついにむくいをうける日《ひ》がやってきた。

貴公子《きこうし》に変装《へんそう》した悪魔《あくま》にそそのかされた王《おう》女《じょ》は、町《まち》を洪水《こうずい》からまもる水門《すいもん》のかぎをうばわれてしまう。悪魔《あくま》が水門《すいもん》のかぎをあけ洪水《こうずい》がおしよせて、イスの町《まち》はそこに住《す》んでいる人《ひと》びととともに海底《かいてい》にしずんでしまった。

海《うみ》にしずんだアエス王女《おうじょ》は、七年《ねん》ごとに七《しち》里四方《りしほう》の海《うみ》や陸地《りくち》で魔力《まりょく》をふるったという。赤《あか》い大《おお》きなもやが海《うみ》から立《た》ちのぼるとかならず暴風雨《ぼうふうう》がおこって、海《うみ》に出《で》ていた船《ふね》はすべてしずめられた。だれもがそれを王女《おうじょ》ののろ

いだとしんじ、漁師《りょうし》たちは王女《おうじょ》のことを「赤姫様《あかひめさま》」とよんだ。赤姫様《あかひめさま》のろいをおはらいするために、人《ひと》びとは何度《なんど》も司祭《しさい》にミサをあげてもらったが、きき目《め》はなかった。七年《ねん》ごとに赤姫様《あかひめさま》の怒《いか》りはあたり一帯《いったい》にあれくるうのだった。神様《かみさま》におねがいしても、どうにもならないとあきらめるしかなかった。

ある晩《ばん》、この海岸《かいがん》に住《す》むひとりのまずしい女《おんな》が、海《うみ》で亡《な》くなった人《ひと》を埋葬《まいそう》してある島《しま》へ出《で》かけていった。夜《よる》の引《ひ》き潮《しお》のあいだにアワビをとるためだった。すっかり潮《しお》がひいて岩場《いわば》があらわれるまで、しばらく待《ま》たなくてはならなかった。女《おんな》はたいそう信心《しんじん》ぶかかったので、潮《しお》のひくのを待《ま》つあいだお祈《いの》りの文句《もんく》をとなえていた。ふとふりかえるといつもの大《おお》きな岩《いわ》のあたりにりっぱな礼拝堂《れいはいどう》がたっていた。とつぜんあらわれた礼拝堂《れいはいどう》におどろいた女《おんな》はとびらをめがけて走《はし》った。

とびらの上《うえ》にはかがやく金色《きんいろ》の文字《もじ》がきざまれていた。

〈内側《うちがわ》から見《み》られることなく、かぎ穴《あな》から中《なか》をのぞき見《み》ることのできたものには、たくさんの財宝《ざいほう》があたえられるであろう〉

女《おんな》はかぎ穴《あな》に目《め》をあててのぞいてみた。

すると、こちらに背《せ》をむけているお姫様《ひめさま》の姿《すがた》が見《み》えた。

女《おんな》はとびらのかけ金《がね》をはずそうとしたが、しっかり固定《こてい》されていてびくともしなかった。そこで礼拝堂《れいはいどう》の周囲《しゅうい》をぐるりとまわってみた。第《だい》二のとびらが見《み》つかり、こうしるされていた。

〈中《なか》へ入《はい》りたければ、ここから三歩《ぽ》行《い》くと藪《やぶ》があり、白《しろ》い草《くさ》が生《は》えている。その草《くさ》を二本《ほん》つんで右《みぎ》の手《て》の平《ひら》に十字《じゅうじ》の形《かたち》におくがいい〉

女《おんな》がそのとおりにして礼拝堂《れいはいどう》へもどると、第《だい》三のとびらが見《み》つかった。とびらの上《うえ》にはこうしるされていた。

〈それでは中《なか》に入《はい》るがいい。ここにある財宝《ざいほう》はすべてお前《まえ》のものだ。姫《ひめ》の悪霊《あくりょう》をおはらいして二度《にど》と悪《わる》さをしないようにできるのはお前《まえ》しかいない〉

女《おんな》は中《なか》へ入《はい》った。

まずしい女《おんな》の木靴《きぐつ》の音《おと》でお姫様《ひめさま》はうしろをふりかえった。

「なにしにきたのだ？」

「もうあなたに悪《わる》さをさせないためにきました。わたしにその力《ちから》があるのならですが」

「お前《まえ》がここにきたということは、お前《まえ》の意志《いし》の力《ちから》が勝《か》ったということだ。よろしい、いうとおりにしよう。好《す》きなだけ遠《とお》いところへおいはらうがいい。これは池《いけ》のかぎだ。ぎせいとなったものはみなそこにいる。好《す》きにするがよい。財宝《ざいほう》もお前《まえ》にのこそう」

お姫様《ひめさま》はそういうと、女《おんな》にかぎ束《たば》をわたした。

女《おんな》はかぎ束《たば》をうけとると十字《じゅうじ》をきった。

「それでどこへ行《い》けばいいのだ？」

「陸《りく》よりも遠《とお》く、海《うみ》よりも遠《とお》いところへ！」

するとお姫様《ひめさま》はたちまち空中《くうちゅう》にきえた。それと同時《どうじ》にふしぎな礼拝堂《れいはいどう》

が音《おと》もなくくずれさった。

気《き》がつくと女《おんな》は池《いけ》の前《まえ》に立《た》っていた。池《いけ》の底《そこ》には石《いし》がしきつめられ、水《みず》はすんで光《ひか》っている。あちこちにあおむけになった遺体《いたい》がういていた。池《いけ》は大《おお》きな鋼鉄《こうてつ》の水門《すいもん》でふさがれていた。女《おんな》はかぎ束《たば》の中《なか》のひとつをさしこんで水門《すいもん》をあけた。水《みず》はいきおいよく海《うみ》にそそぎ、おぼれて死《し》んだものはまるで生《い》きかえったかのように体《からだ》をおこした。そしてしずかに海《うみ》の上《うえ》を歩《ある》いて遠《とお》ざかっていった。

やがて水《みず》がすっかり流《なが》れだしてしまうと池《いけ》の底《そこ》があらわれて、びっしり金貨《きんか》でおおわれていた。女《おんな》はもてるだけの金貨《きんか》をかきあつめて家《いえ》に帰《かえ》った。

翌朝《よくあさ》、昨夜《さくや》のできごとの一部始終《いちぶしじゅう》を司祭《しさい》に話《はな》し、

「この金貨《きんか》をどうしたらいいでしょう？」

とたずねると、司祭《しさい》はいった。

「ミサが必要《ひつよう》な霊魂《れいこん》のために、ミサをあげてもらいなさい。そして、生《い》きているものにはほどこしをするがいい」

休《やす》み時間《じかん》

いろいろクイズ うわさ編《へん》

難易度《なんいど》
★★☆

1

ある小学校《しょうがっこう》でのうわさ話《ばなし》です。女《おんな》の子《こ》がトイレに入《はい》ると、上《うえ》のほうから「赤《あか》い色《いろ》が好《す》き？ 青《あお》い色《いろ》が好《す》き？ 黄色《きいろ》が好《す》き？」というぶきみな声《こえ》が聞《き》こえてきました。助《たす》かるには、何色《なにいろ》とこたえればよいでしょうか？

2

キツネのなき声《ごえ》は、何《なに》色《いろ》かな？

一、青《あお》

二、金《きん》

三、紺《こん》

四、茶《ちゃ》

こたえは
159ページ

4時間目《じかんめ》

東京大空襲《とうきょうだいくうしゅう》と白《しろ》い龍《りゅう》

高津美保子《たかつみほこ》

一九三九（昭和《しょうわ》十四）年《ねん》から一九四五（昭和《しょうわ》二十）年《ねん》だから、ずいぶん前《まえ》のことだけど、世界《せかい》のあちらこちらで戦争《せんそう》があった。第二次世界大《だいにじせかいたい》戦《せん》とよばれた戦争《せんそう》だ。

日本《にほん》も中国大陸《ちゅうごくたいりく》や太平洋《たいへいよう》の島《しま》じまをめぐって太平洋戦争《たいへいようせんそう》に突入《とつにゅう》していった。

日本《にほん》ははじめこそ「勝《か》った、勝《か》った」とわきかえっていたけれど、太《たい》平洋《へいよう》の島《しま》が占領《せんりょう》されてからは、アメリカ機《き》が軍事施設《ぐんじしせつ》だけでなく日本中《にほんじゅう》の都市《とし》を空爆《くうばく》するようになった。

日《ひ》に日《ひ》に情勢《じょうせい》は悪《わる》くなって、一九四五年《ねん》に入《はい》ってからは、首都東京《しゅととうきょう》の空《そら》にも爆撃機《ばくげきき》Ｂ《ビー》２９がとんでくるようになった。

東京《とうきょう》の下町《したまち》、隅田川《すみだがわ》と荒川《あらかわ》にはさまれた深川《ふかがわ》に住《す》むおコマばあさんも、たえずラジオに耳《みみ》をかたむけ、いつでもにげられる用意《ようい》をして毎日《まいにち》をおくっていた。

そんな三月九日《がつここのか》の明《あ》け方《がた》のこと、おコマさんが横《よこ》になってうとうとしていると、目《め》の前《まえ》に天井《てんじょう》をつきぬけそうな大《おお》きな白《しろ》い龍《りゅう》があらわれて、

「なにがあってもこの家《いえ》から出《で》るんじゃないぞ。いいか、わかったな！」

というんだって。

おどろいてとびおきたが、もうだれもいなかった。

(夢《ゆめ》か、どうして龍《りゅう》の夢《ゆめ》なんか……。それにしても大《おお》きな白《しろ》い龍《りゅう》だった！)

その日《ひ》の晩《ばん》、東京《とうきょう》の下町《したまち》では、何度《なんど》となく警戒警報《けいかいけいほう》のサイレンがなり、夜《よる》も十一時《じ》近《ちか》くになって、ようやく警報《けいほう》は解除《かいじょ》された。

やれやれとふとんにもぐりこんで、うとうとしはじめた十二時前《じまえ》、今度《こんど》は空襲警報《くうしゅうけいほう》がけたたましくなった。

ゴーゴー　ゴーゴー
まもなく爆音《ばくおん》が聞《き》こえた。アメリカの爆撃機《ばくげきき》B《ビー》29が大編隊《だいへんたい》をくんでとんできていた。

シャーシャー　シャーシャー
雨《あめ》のふるような音《おと》がしたかと思《おも》うと、外《そと》がパッと明《あか》るくなり、焼夷弾《しょういだん》が火《ひ》の粉《こ》をふりまきながらおちてきた。

ドンドンと、玄関《げんかん》の戸《と》をたたく音《おと》がして、

「おコマさん、さあ、いっしょににげよう」

となりの老夫婦《ろうふうふ》がさそいにきてくれた。

「は、はい、いますぐ」

枕《まくら》もとにおいた防空頭巾《ぼうくうずきん》をかぶり、おコマさんはとなりの夫婦《ふうふ》のあとをおいかけようと、家《いえ》から一歩出《ぽで》た。

「出《で》るなー！　出《で》るんじゃない！」

爆音《ばくおん》より大《おお》きな声《こえ》がひびきわたった。

おコマさんがわが家《や》のほうをふりかえると、なんと、屋根《やね》の上《うえ》に、とぐろをまいた大《おお》きな白《しろ》い龍《りゅう》がいて、こわい目《め》でにらんでいるのだ。あの、夢《ゆめ》に出《で》た龍《りゅう》だった。

「はやく家《いえ》にもどれ！」

白《しろ》い龍《りゅう》がまた太《ふと》い声《こえ》でどなるようにいった。

気《き》がつくと、焼夷弾《しょういだん》で、あちらこちらから火《ひ》の手《て》があがっていた。

そのとき、強《つよ》い風《かぜ》にあおられて、大《おお》きな火《ひ》のかたまりがころがるように近《ちか》づいてきた。木造《もくぞう》の家《いえ》ばかりで、あたり一帯《いったい》はたちまち火《ひ》の海《うみ》になった。

「おコマさん、はやく、はやく！」

となりの夫婦《ふうふ》は、おコマさんをせかした。

「でも、うちの屋根《やね》の上《うえ》の龍《りゅう》が……」

と、家《いえ》の屋根《やね》を指《ゆび》さしていうと、

「なにをいっているんだ。こんなときに」

「悪《わる》いけど、先《さき》に行《い》くよ」

というと、夫婦《ふうふ》は火《ひ》の粉《こ》のとびかう中《なか》を、隅田川《すみだがわ》めざしてかけていった。

そのとき、またB《ビー》29がゴーゴー音《おと》をたてとんできて、まもなくバリバリという音《おと》とともに火柱《ひばしら》が立《た》った。

おコマさんは、あわてて家《いえ》にとびこみ、こわくてがたがたふるえながら、手《て》をあわせて空襲《くうしゅう》のおさまるのを待《ま》った。

そして夜《よ》があけてから、家《いえ》の外《そと》に出《で》て目《め》をうたがった。一面《いちめん》のやけ野《の》原《はら》の中《なか》に、わが家《や》一軒《けん》だけがやけのこっていた。

あちこちでまだ煙《けむり》がくすぶっていた。

おコマさんは家《いえ》に入《はい》ると、台所《だいどころ》の壁《かべ》にはった火伏《ひふ》せの御札《おふだ》に手《て》をあわせ頭《あたま》をさげた。

「よくぞ、ひどい爆撃《ばくげき》から、わが家《や》をおまもりくださいました」

頭《あたま》をあげたとき、はっと目《め》の前《まえ》の御札《おふだ》にくぎづけになった。なんと、御札《おふだ》には、あの屋根《やね》の上《うえ》にいた龍《りゅう》の絵《え》がかかれていた。

それは、以前《いぜん》、町内会《ちょうないかい》で行《い》った木曽《きそ》の御嶽山《おんたけさん》の御札《おふだ》で、それからというもの、朝《あさ》に晩《ばん》にかかさず手《て》をあわせていた。

東京大空襲《とうきょうだいくうしゅう》とよばれるこの三月十日《がつとおか》未明《みめい》の大《だい》空襲《くうしゅう》は、二時間《じかん》ほどで下町《したまち》を中心《ちゅうしん》に十万人近《にんちか》い人《ひと》びとの命《いのち》をうばった。

また、ちょうどこのときに卒業《そつぎょう》や進学準備《しんがくじゅんび》のために東京《とうきょう》にもどってきて、空襲《くうしゅう》にあって死《し》んだ子《こ》どもたちもたくさんいたそうだ。

中《なか》には空襲《くうしゅう》をのがれるために親《おや》もとをはなれて田舎《いなか》に疎開《そかい》しているあいだに、この空襲《くうしゅう》で親《おや》をうしない孤児《こじ》になった子《こ》どももいた。

となりの老夫婦《ろうふうふ》のゆくえも、けっきょくわからなかった。

火《ひ》の馬《うま》

矢部《やべ》敦子《あつこ》

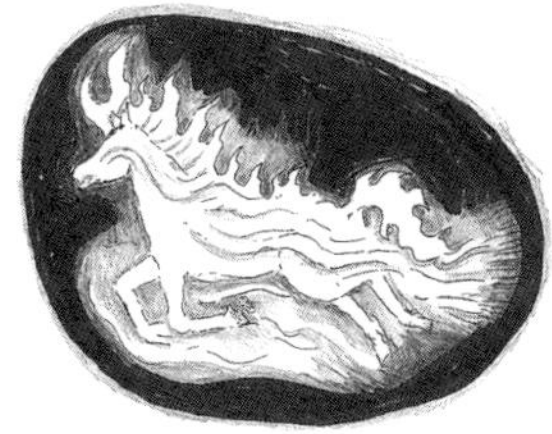

シンヤがまだ小《ちい》さかったころ、家族《かぞく》で旅行《りょこう》に出《で》かけたことがありました。

とちゅう、高速道路《こうそくどうろ》を走《はし》っていたとき、とつぜんシンヤが泣《な》きだしました。お母《かあ》さんがだっこしてあやしてもぜんぜん泣《な》きやまず、とうとう体《からだ》をふるわせくるしみはじめたのです。お父《とう》さんも心配《しんぱい》になって、

「これじゃあ、旅行《りょこう》なんて無理《むり》だな」

と、いそいで高速道路《こうそくどうろ》をおりて、近《ちか》くにあった病院《びょういん》にかけこみました。

ところが、病院《びょういん》につくと、シンヤはケロッとしてにこにこ笑《わら》っています。お医者《いしゃ》さんにみてもらって、念《ねん》のため検査《けんさ》もうけましたが、どこもなんともなかったのです。

そのころ、高速道路《こうそくどうろ》ではトンネルの中《なか》で玉《たま》つき事故《じこ》がおこり、何台《なんだい》もの車《くるま》がやけて、けが人《にん》がたくさん出《で》ていました。夜《よる》になって、テレビでニュースをしったお父《とう》さんは、

「もし、あのときシンヤが泣《な》きださなかったら、おれたちも事故《じこ》にまきこまれてたかもしれないな」

といいました。

シンヤが小学《しょうがく》一年生《ねんせい》になったある日《ひ》。

給食《きゅうしょく》の時間《じかん》にいきなり立《た》ちあがると、ウォーッとさけびながら教室《きょうしつ》をとびだして、一目散《いちもくさん》に家《いえ》にとんで帰《かえ》りました。そうして、バケツにいっぱい水《みず》をくむと、二階《かい》のまどからとなりの家《いえ》の屋根《やね》めがけてぶちまけました。何度《なんど》も何度《なんど》も、バケツに水《みず》をくんではとなりの家《いえ》に水《みず》をかけつづけたのです。

お母《かあ》さんが帰《かえ》ってきたとき、びしょぬれになったシンヤは、二階《かい》の畳《たたみ》の部屋《へや》で気《き》がぬけ

たようにすわりこんでいました。

「どうしたの？　なにがあったの？」

と聞《き》かれても、シンヤは自分《じぶん》のしたことをよくおぼえていませんでした。

ただ、

「真《ま》っ赤《か》にもえる馬《うま》がいた」

と、つぶやくだけでした。

その夜《よる》おそく、なんだかこげくさいにおいがして、パチパチとなにかがはぜるような音《おと》がしたかと思《おも》うと、となりの家《いえ》から火《ひ》の手《て》があがりました。火《ひ》の粉《こ》がいきおいよくとんできましたが、さいわいシンヤの家《いえ》はぶじでした。となりの家《いえ》の屋根《やね》がさんざん水《みず》びたしになっていたので、

シンヤの家《いえ》のほうにはもえひろがらなかったのです。

それから何年《なんねん》かたったある夜《よる》、夜中《よなか》に目《め》をさましたシンヤが、

「おきて！　はやく！　ここにいちゃいけない」

と、ねている両親《りょうしん》をたたきおこしました。

「なに、どうしたの？　こわい夢《ゆめ》でも見《み》たの？」

「うちは、あぶない！」

「なにバカなこといってるんだ。あしたは仕事《しごと》がはやいんだ。たのむからねかせてくれ！」

もう一度布団《いちどふとん》にもぐりこもうとしたお父《とう》さんにつかみかかると、

「だめ、だめ。おきて！」

シンヤは必死《ひっし》でさけびました。

お母《かあ》さんは、ハッと気《き》づいて、

「だいじょうぶ。わかったから、心配《しんぱい》しないで」

そういって、ふるえている息子《むすこ》をだきしめました。きっとなにかよくないことがおきる。シンヤにはそれがわかるにちがいないと思《おも》ったのです。それから大《おお》いそぎで身支度《みじたく》をすると、夫《おっと》をせきたてて外《そと》に出《で》ました。

それでもシンヤは、

「ここじゃだめ。もっと、もっと遠《とお》くへにげなくちゃ」

といいはってゆずりません。とうとう両親《りょうしん》もあきらめ、身《み》のまわりのものをカバンにつめこむと、三人《にん》は車《くるま》で町《まち》を出《で》ることにしました。

しばらく走《はし》りつづけると、後部座席《こうぶざせき》で体《からだ》をかたくしていたシンヤが、ようやくホッとしたようにいいました。

「ここまでくれば、もうだいじょうぶ」

「すこし、休《やす》もう」

お父《とう》さんはそういって、深夜営業《しんやえいぎょう》のレストランの駐車場《ちゅうしゃじょう》に車《くるま》をとめました。外《そと》はまだくらく、町《まち》はしずかにねむっています。

そのとき、ドン！　とつきあげられるような感《かん》じがして、グラグラ、ユラユラと足《あし》もとが大《おお》きくゆれました。

「地震《じしん》だ！」

思《おも》わず地面《じめん》にしゃがみこんだシンヤが、ようやく顔《かお》をあげたときです。真《ま》っ赤《か》にもえる火《ひ》の馬《うま》が、何頭《なんとう》も何頭《なんとう》も、いまきた町《まち》のほうへむかってとぶように走《はし》っていくのが見《み》えました。

ほどなく、あちらこちらの家《いえ》から火《ひ》が出《で》て、シンヤの家《いえ》があったあたりは、あっというまに炎《ほのお》につつまれてしまいました。けれども、こうしてシンヤたちは、地震《じしん》のあとの大火事《おおかじ》からのがれることができたのです。

好《す》きな食《た》べものを　かいてみよう

なにが好《す》きかあててみてね！

← こたえは
159 ページ

給《きゅう》食《しょく》

清明節《せいめいせつ》には草《くさ》もちもって

三倉智子《みくらさとこ》

ユエンユエンは上海《シャンハイ》に住《す》む小学生《しょうがくせい》。両親《りょうしん》と、そして上海《シャンハイ》は気候《きこう》がおだやかだからと、おばあちゃんもいっしょにくらしている。でもおばあちゃんは去年《きょねん》の秋《あき》に病気《びょうき》をして、いまは車《くるま》いすの生活《せいかつ》だ。おばあちゃんも母《かあ》さんも、おじいちゃんのお墓《はか》まいりに行《い》く清明節《せいめいせつ》を楽《たの》しみにしている。だけど今年《ことし》はおばあちゃんはどうかなぁ。

四月《がつ》はじめの清明節《せいめいせつ》は、中国《ちゅうごく》の祝日《しゅくじつ》で三連休《れんきゅう》になる。春《はる》がきたよろこびを祖先《そせん》とともに祝《いわ》う大事《だいじ》な日《ひ》。お墓《はか》まいりをして、ごちそうをおそなえし、みなで楽《たの》しむ。

その何日《なんにち》か前《まえ》、母《かあ》さんの故郷《こきょう》に住《す》む叔母《おば》さんから電話《でんわ》がきた。おじいちゃんのお墓《はか》の修理《しゅうり》がすんだらしい。母《かあ》さんがまずお礼《れい》をいい、それからおばあちゃんにかわった。

「きれいになった？　ああ、ありがとう。うん、ちょっと今年《ことし》は無理《むり》だわ。ええ？　もちろん草《くさ》もちは作《つく》るよ。おじいちゃんの大好物《だいこうぶつ》だからね、もっていってもらうから……」

おばあちゃんは毎年《まいとし》草《くさ》もちを作《つく》る。

わたしと母《かあ》さんがとってきたヨモギをゆでて、しぼって、もち米《ごめ》の粉《こな》

と水《みず》といっしょにこねる。今年《ことし》はそれは母《かあ》さんの仕事《しごと》。それがすんだらおばあちゃんの出《で》番《ばん》だ。生地《きじ》をのばし、中《なか》にあんこを入《い》れて、十分《じゅうぶん》蒸気《じょうき》の立《た》ったセイロに入《い》れる。待《ま》つこと十五分《ふん》。

ああ、いいかおり！　深緑《ふかみどり》のおもちのできあがり。売《う》ってるのみたいに、色《いろ》あざやかな緑《みどり》じゃないけど、おばあちゃんは、これこそが本物《ほんもの》の味《あじ》だ、っていつもいう。

今年《ことし》はおばあちゃんのかわりに草《くさ》もちがお

墓《はか》まいりに行《い》く。さすがに連休《れんきゅう》。どこもかしこも大混雑《だいこんざつ》している。駅前《えきまえ》のタクシー乗《の》り場《ば》は、車《くるま》も人《ひと》もわんわんいて、父《とう》さんと母《かあ》さんとはぐれないように必死《ひっし》だった。

叔母《おば》さんたちと合流《ごうりゅう》し、お墓《はか》に行《い》った。くずれそうだった丸《まる》いお墓《はか》もきれいに、そしてひとまわり大《おお》きくなり、その前《まえ》にある写真《しゃしん》つきの墓碑《ぼひ》も新《あたら》しくりっぱになった。

墓碑《ぼひ》の前《まえ》にごちそうとおばあちゃんの草《くさ》もちをならべ、お線香《せんこう》に火《ひ》をつけていのる。それから紙銭《しせん》をやいた。紙銭《しせん》をやいたけむりにのって、かかれたものはあの世《よ》の生活《せいかつ》でつかえる。

叔母《おば》さんが笑《わら》った。

「ユエンユエン、やだぁ、その紙銭《しせん》、スマホが印刷《いんさつ》されてるの？」

「うん、おばあちゃんこられなかったから。これでおじいちゃんと話《はな》せたらいいなって」

「三十年《ねん》以上《いじょう》も前《まえ》よ、亡《な》くなったの。スマホなんてむりむり。つかえるわけないわ」

「だいじょうぶ。使《つか》い方書《かたか》いといたから」

スマホが印刷《いんさつ》されている紙銭《しせん》がもえた。

「おじいちゃん、こんな小《ちい》さな電話《でんわ》なんてびっくりしちゃうわ、きっと。なんたって古《ふる》いタイプの人《ひと》だから。あっ、そうそう。この前《まえ》ね、お墓《はか》の修理《しゅうり》するときもたいへんだったのよ……」

叔母《おば》さんが話《はなし》をつづけた。

清明節《せいめいせつ》の前《まえ》にはお墓《はか》を修理《しゅうり》する人《ひと》が多《おお》い。今回《こんかい》たのんだ職人《しょくにん》は、アルバイトのわかものをつれてきた。そのわかものは墓前《ぼぜん》でお線香《せんこう》をつけるどころか、手《て》をあわせることもせず、とつぜんおじいちゃんの墓碑《ぼひ》をツルハシでたたきわった。職人《しょくにん》があわててしかったけどあとのまつり。やがてその人《ひと》は目《め》がすわり、へんなことをいいだした。どうもようすがおかしい。休《やす》ませようとレストハウスにつれていったら、ものすごいいきおいであたりを走《はし》りまわり、机《つくえ》にのって大声《おおごえ》をあげ、かつての政治家《せいじか》の名《な》を連呼《れんこ》してはバンザイ、バンザイ、と手《て》をあげる。あわてたみんながなんとかおさえようとしても、手《て》をふりほどいて大《おお》あばれ。なんとそれが二時間《じかん》もつづいた。とうとう職人《しょくにん》が、もう一度《いちど》お墓《はか》につれて行《い》ってあやまらせようといいだし、無理《むり》やりおさえてつれて行《い》った。お墓《はか》の前《まえ》であやまらせたら、ようやくおとなしくなった、というのだ。

「おじいちゃん、腹《はら》が立《た》ってその人《ひと》にのりうつったのかしら。目《め》もつりあがって、ねぇ」

叔母《おば》さんは肩《かた》をすくめ、おじさんとこわそうに顔《かお》を見《み》あわせた。

「ふーん、でも、そんな人《ひと》だったかしら？　しらない人《ひと》におこってのりうつるような人《ひと》？」

母《かあ》さんは首《くび》をかしげた。

おじいちゃんをまったくしらないわたしはビックリした。でも叔母《おば》さん夫婦《ふうふ》のほんとうにこわそうなようすにもっとおどろいた。だってふたりともいつもはキリッとかっこいい大人《おとな》なのに。

墓碑《ぼひ》の写真《しゃしん》のおじいちゃんはおだやかにこちらを見《み》ている。わたしはひそかにいった。

「おじいちゃん、お墓《はか》きれいになったんだもの、おこらないで。スマホでおばあちゃんに、草《くさ》もちおいしかったよっていってあげてね」

昼休《ひるやす》み

いろいろクイズ

言葉編《ことばへん》2

難易度《なんいど》 ★★★

1 「黄《き》なる涙《なみだ》」という言葉《ことば》がありますが、どんな涙《なみだ》のことでしょうか？

一、目薬《めぐすり》をさしてながす涙《なみだ》

二、玉《たま》ねぎをきってながす涙《なみだ》

三、動物《どうぶつ》が悲《かな》しんでながす涙《なみだ》

四、うれし泣《な》きしてながす涙《なみだ》

こたえは
159ページ

5時《じ》間《かん》目《め》

紫女《むらさきおんな》

時海結以《ときうみゆい》

灰色《はいいろ》の冬《ふゆ》の雲《くも》が、ぶあつくたれこめている。自分《じぶん》の部屋《へや》のまどから、オレは空《そら》をぼんやりとながめていた。

高校《こうこう》へ行《い》かなくなって、何《なん》か月《げつ》たったんだろう。

手《て》にしているゲームは、バトルのとちゅうだけれど、ふいに、あきてしまった。

もう、どうでもいいや、なんかめんどうくさい……オレがゲーム機《き》をほうりなげたとき。

「……伊織《いおり》さま……」

だれかが、オレの名前《なまえ》をよんだ。ゲームの女《おんな》の子《こ》キャラみたいな、かわいい声《こえ》。

「え？」

空耳《そらみみ》……？　家《いえ》にはだれもいないし。

「伊織《いおり》さま。伊織《いおり》さま」

はっきり聞《き》こえる。オレはまどの下《した》をのぞいてみた。

道路《どうろ》に、すっごい美少女《びしょうじょ》が立《た》って、こっちを見《み》ていた。ちょっとくせのある長《なが》い髪《かみ》、紫色《むらさきいろ》のひらひらしたワンピースを着《き》ている。

オレと目《め》があうと、美少女《びしょうじょ》はほほえんだ。

「伊織《いおり》さま、お友《とも》だちになってください」

オレが思《おも》わずうなずいたとたん、美少女《びしょうじょ》は、部屋《へや》の中《なか》にいた。

「……うそっ……」

マンガや小説《しょうせつ》かよ。現実《げんじつ》じゃありえない。

「ええ、マンガや小説《しょうせつ》だと思《おも》ってくれたらいいの。異世界《いせかい》からきた、とか」

……だよな。これはきっと、夢《ゆめ》なんだ。

オレは安心《あんしん》して、美少女《びしょうじょ》に話《はな》しかけられる

ままに、会話《かいわ》を楽《たの》しんだ。

美少女《びしょうじょ》は、夕方《ゆうがた》になると、「わたしのことは、だれにもいわないでね」といいのこし、すうっときえた。

いうわけないさ、どうせ、夢《ゆめ》だし。

それからも美少女《びしょうじょ》は、毎日《まいにち》やってきて、オレたちはいっぱい話《はなし》をした。

オレは、「めんどうくさい、どうでもいい」と思《おも》わなくなっていた。

名前《なまえ》もしらない夢《ゆめ》の中《なか》の女《おんな》の子《こ》に、あしたも会《あ》いたい、とねがう。

二十日《はつか》ほどがすぎた。

部屋《へや》から出《で》て、いいかげん学校《がっこう》へ行《い》け、と口《くち》うるさいばかりの母親《ははおや》が、青《あお》ざめた顔《かお》でオレに、いつもとちがうことをいう。

「伊織《いおり》……どうしたの？　まるで……ミイラみたいにやせちゃって……」

「はぁ？　どこが？」

オレはなにも、かわってないし。

「病気《びょうき》よ、きっと。だれかに相談《そうだん》しなきゃ」

「うるせーっ、出《で》ていけっ」

オレはものをなげつけて、母親《ははおや》をおいだした。

けれど母親《ははおや》は、医大《いだい》にかよういとこの拓兄《たくにい》さんを家《いえ》によんだ。拓兄《たくにい》さんは、何年《なんねん》か前《まえ》まではよくここにきて、遊《あそ》んだり勉強《べんきょう》を教《おし》えてくれたりしていた。

オレの部屋《へや》に入《はい》ってきた拓兄《たくにい》さんは、じっとオレの顔《かお》を見《み》ている。

そっぽをむいたら、拓兄《たくにい》さんに聞《き》かれた。

「伊織《いおり》くん。かくしごとをしてない？」

「べつに」

あの美少女《びしょうじょ》は、だれかに自分《じぶん》のことを話《はな》したら、会《あ》えなくなってしまう、といっていた。

ぜったいに、いうものか。

「……伊織《いおり》くん、このままでは、君《きみ》の命《いのち》があぶないよ」

拓兄《たくにい》さんはしんけんな目《め》をして、オレに手鏡《てかがみ》をさしだした。

そこには……ゾンビがうつっていた。

オレは悲鳴《ひめい》をあげ、手鏡《てかがみ》をほうりだした。ゾンビは、オレの顔《かお》をしていた。

「……ホントに、死《し》ぬのか？」

「そう、『ふしぎ』な理由《りゆう》で死《し》ぬ人《ひと》も、世《よ》の中《なか》にはいるんだよ。ぼくだって、大学《だいがく》で実際《じっさい》に患者《かんじゃ》さんの話《はなし》を聞《き》くまでは、しんじられなかった」

オレは、ふるえがとまらなくなり、あの美少女《びしょうじょ》のことをしゃべってしまった。

「紫色《むらさきいろ》の服《ふく》……それは紫女《むらさきおんな》だろう。わかい男《おとこ》の命《いのち》をすい、わかさと美《うつく》しさをたもつ妖怪《ようかい》だ」

拓兄《たくにい》さんは大《おお》まじめにいうと、いったん帰《かえ》った。

その日《ひ》の夕方《ゆうがた》、またやってきた拓兄《たくにい》さんは、神社《じんじゃ》のお札《ふだ》をはりつけた、おもちゃみたいな作《つく》りものの刀《かたな》をさしだした。

「これできれば、妖怪《ようかい》をおいはらえる」

正直《しょうじき》、ふざけんな、と思《おも》った。この世界《せかい》は、ゲームじゃない。

でも……死《し》にたくない。


つぎの日《ひ》、あらわれるなり美少女《びしょうじょ》は、悲《かな》しげにつげた。

「こんなに仲《なか》よくなったのに……わたしをきろうとするのですね」

その言葉《ことば》で、オレは拓兄《たくにい》さんが正《ただ》しいとしった。おもちゃの刀《かたな》をしんじられず、ベッドの下《した》にかくしていたのに、いいあてるなんて。

オレはおそろしくなり、「わあっ」とさけびながら、刀《かたな》をとりだした。刀《かたな》をかまえ、ふと美少女《びしょうじょ》と目《め》があう。彼女《かのじょ》はさびしげにほほえんだ。

「さようなら、もう、おしまいです」

紫色《むらさきいろ》の光《ひかり》のつぶにかわり、とけるように美少女《びしょうじょ》はきえた。

春《はる》がきた。城跡《しろあと》の公園《こうえん》に何百年《なんねん》もうえられていた大《おお》きな藤《ふじ》の木《き》が、花《はな》をつけずにかれた、とオレは聞《き》いた。

藤《ふじ》の精《せい》がやどっているという伝説《でんせつ》がある木《き》だったそうだ。

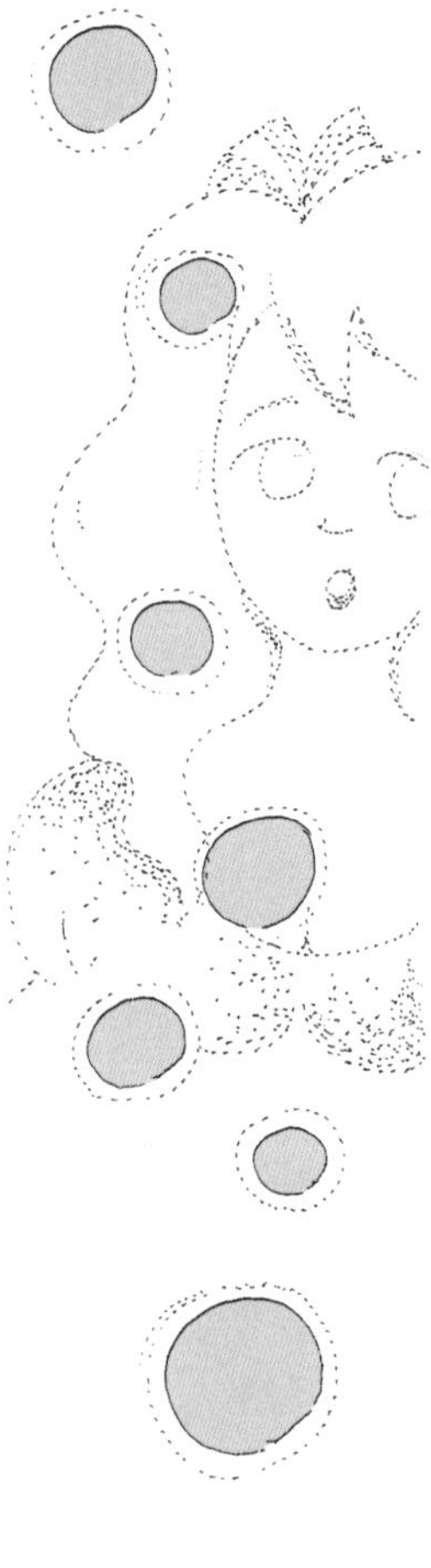

足《あし》をとりかえられた男《おとこ》

小沢清子《おざわきよこ》

中国《ちゅうごく》のある海《うみ》ぞいの町《まち》に、甲元《こうげん》という男《おとこ》がいた。大金持《おおがねも》ちで、なに不自由《ふじゆう》なくくらしていたが、あるとき、重《おも》い病気《びょうき》になった。国中《くにじゅう》の、腕《うで》がいいという医者《いしゃ》にみてもらったり、きくという薬《くすり》をとりよせて、のんでみたりしたが、病気《びょうき》は重《おも》くなるばかり。

とうとうある日《ひ》、亡《な》くなってしまった。

甲元《こうげん》は、あの世《よ》からむかえにきた役人《やくにん》と、死《し》の世界《せかい》に入《はい》る門《もん》のところ

まで歩《ある》いていった。
門《もん》の入《い》り口《ぐち》には、司命《しみょう》が門番《もんばん》のように立《た》っている。司命《しみょう》というのは、人《ひと》の寿命《じゅみょう》をつかさどる神様《かみさま》のことだ。
甲元《こうげん》が役人《やくにん》につれられてきたので、司命《しみょう》はあらためて、寿命《じゅみょう》が書《か》いてある帳簿《ちょうぼ》をめくって、てらしあわせてみた。
すると、とんでもないことに気《き》がついた。帳簿《ちょうぼ》によれば、甲元《こうげん》の寿命《じゅみょう》は、まだずいぶんのこっている。まちがえて、死《し》の世界《せかい》へつれてきてしまったのだ。

寿命《じゅみょう》ののこっている人《ひと》を、天《てん》の掟《おきて》にそむいて、死《し》の世界《せかい》へよぶのは、ゆるされないことだった。

もしまちがえて、甲元《こうげん》を死《し》なせたことが、天《てん》の神様《かみさま》にしれたら、役人《やくにん》も司命《しみょう》も、どんなおとがめをうけるかわからない。

そこで司命《しみょう》と役人《やくにん》は相談《そうだん》して、甲元《こうげん》をもとの世界《せかい》へ、こっそり帰《かえ》すことにした。

ところが、そのとき甲元《こうげん》は、足《あし》をひどくいためていて、もとの世界《せかい》まで、歩《ある》くことができなかった。長《なが》いあいだ病気《びょうき》でねていて、足《あし》が弱《よわ》っているところへ、死《し》の世界《せかい》の入《い》り口《ぐち》まで歩《ある》いてきたので、足《あし》の病気《びょうき》にかかってしまったのだ。

「どうしよう……。甲元《こうげん》をすぐに、もとの世界《せかい》へ帰《かえ》さなければ、おれたちは、天《てん》の神様《かみさま》の罰《ばつ》をうけることになるぞ」

司命《しみょう》と役人《やくにん》がこまりはてていると、そばにいたべつの役人《やくにん》がいった。

「いいことがあるぞ。つい最近《さいきん》死《し》んだ男《おとこ》が、西《にし》の門《もん》のところへきているはずだ。その男《おとこ》はまちがいなく寿命《じゅみょう》が終《お》わっているから、もう足《あし》はいらんだろう。漁師《りょうし》だったから、足《あし》は日焼《ひや》けしていて、なめした皮《かわ》のように、つやつやした赤銅色《しゃくどういろ》だ。その男《おとこ》の足《あし》と、甲元《こうげん》の足《あし》を、とりかえたらどうだ？」

「そいつはいい考《かんが》えだ！」

司命《しみょう》と役人《やくにん》は大《おお》よろこびで、さっそく漁師《りょうし》をかついで、甲元《こうげん》のところへ行《い》った。

そして甲元《こうげん》の足《あし》と漁師《りょうし》の足《あし》とを、とりかえることをつたえた。すると甲元《こうげん》は、

「とんでもない。いやだいやだ、やめてくれ！わたしのきれいな足《あし》を、そんな日焼《ひや》けした足《あし》ととりかえるなんて、ぜったいに、いやだ！」

と承知《しょうち》しない。

たしかに甲元《こうげん》の足《あし》は、真《ま》っ白《しろ》くて、ぽよぽよとやわらかく、不健康《ふけんこう》そうな足《あし》だった。

使用人《しようにん》がなんでもやってくれるから、自分《じぶん》の手足《てあし》をつかってはたらいたことがなかったのだ。

それにひきかえ、漁師《りょうし》の足《あし》は、赤銅色《しゃくどういろ》に日焼《ひや》けしていて、たくましく健康《けんこう》そうだった。

司命《しみょう》と役人《やくにん》はこまりはてて、甲元《こうげん》にいった。

「あんたが足《あし》をとりかえないのなら、このまま死《し》の世界《せかい》に入《はい》ってしまって、永遠《えいえん》に生《い》きかえれないが、それでいいのだな？」

そういわれて甲元《こうげん》は、しぶしぶ足《あし》をとりかえることを承知《しょうち》した。

役人《やくにん》は甲元《こうげん》に目《め》をつむらせ、漁師《りょうし》をならべて横《よこ》にすると、あっというまに、ふたりの足《あし》をとりかえてしまった。

そしてそのまま、甲元《こうげん》をもとの世界《せかい》へ、おくりかえしてやった。

とたんに、ふとんの中《なか》で息《いき》をひきとっていた甲元《こうげん》は、パッと目《め》をあけて、あたりを見《み》まわした。甲元《こうげん》の枕《まくら》もとで悲《かな》しんでいた家族《かぞく》は、おどろいたりよろこんだり、大《おお》さわぎだ。

甲元《こうげん》は家族《かぞく》に、あの世《よ》の入《い》り口《ぐち》であったことを、くわしく話《はな》して、自分《じぶん》の足《あし》をしらべてみた。

すると甲元《こうげん》の足《あし》は、やっぱり漁師《りょうし》の足《あし》になっていた。足《あし》は赤銅色《しゃくどういろ》で、毛《け》むくじゃらだ。

甲元《こうげん》は大切《たいせつ》にしていた足《あし》を、日焼《ひや》けした漁師《りょうし》の足《あし》にすげかえられて、自分《じぶん》の足《あし》を見《み》るのもいやになった。

（せっかく生《い》きかえれても、こんな足《あし》じゃあ、死《し》んだほうがましだ）

とさえ思《おも》った。

二、三日《にち》すると、甲元《こうげん》は近《ちか》くにある海岸《かいがん》の村《むら》で、亡《な》くなった漁師《りょうし》の足《あし》が、きゅうに真《ま》っ白《しろ》になった、といううわさを聞《き》いた。

甲元《こうげん》はすぐに、漁師《りょうし》の家《いえ》をたずねて、ちょうど棺《ひつぎ》に入《い》れる、漁師《りょうし》の足《あし》を見《み》せてもらった。

漁師《りょうし》の足《あし》は、たしかに甲元《こうげん》の足《あし》だった。

甲元《こうげん》は涙《なみだ》を流《なが》して、自分《じぶん》の足《あし》にわかれをつげた。それを見《み》ていた漁師《りょうし》

の息子《むすこ》ふたりは、亡《な》くなった父親《ちちおや》の足《あし》が、甲元《こうげん》についていることに気《き》がついた。そこでそのときから、毎年父親《まいとしちちおや》の亡《な》くなった日《ひ》になると、息子《むすこ》たちは甲元《こうげん》の家《いえ》へやってきて、甲元《こうげん》の足《あし》にしがみつくと、

「ああ、お父《とう》さん、会《あ》いたかったよ」

と泣《な》きわめくようになった。

あいかわらず甲元《こうげん》は、漁師《りょうし》の足《あし》がいやで、家《いえ》にひきこもってなげいていた。

ところが何年《なんねん》も家《いえ》の中《なか》にいたので、陽《ひ》にあたらなかった漁師《りょうし》の足《あし》は、だんだん日焼《ひや》けがとれてきた。そしてとうとう、甲元《こうげん》のむかしの足《あし》のように、真《ま》っ白《しろ》になってしまった。

甲元《こうげん》は、すっかり元気《げんき》になって、また外出《がいしゅつ》するようになり、たいそう長生《ながい》きしたそうだ。

休《やす》み時間《じかん》

いろいろクイズ

上級者編《じょうきゅうしゃへん》

難易度《なんいど》 ★★★＋★

1 そのむかし、漁師《りょうし》たちのあいだでは、何色《なにいろ》のふんどしをしめていると、サメに食《く》われないとしんじられていたでしょうか？

一、赤《あか》

二、青《あお》

三、ピンク

四、白《しろ》

2 歌舞伎《かぶき》では、顔《かお》を赤《あか》くぬった「赤面《あかっつら》」がしばしば登場《とうじょう》します。どのような役《やく》なのでしょうか？

赤《あかっ》面《つら》

一、恋人役《こいびとやく》

二、父親役《ちちおややく》

三、母親役《ははおややく》

四、敵役《かたきやく》

こたえは
159ページ

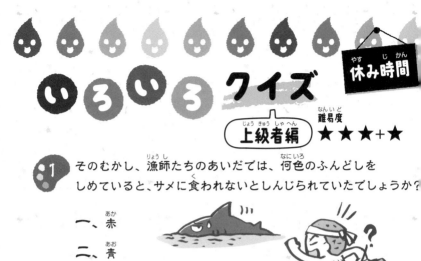

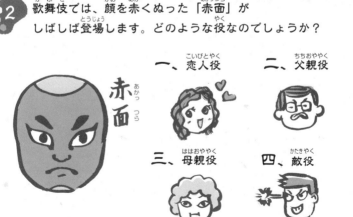

6時《じ》間《かん》目《め》

湖《みずうみ》に住《す》む三姉妹《しまい》

杉本栄子《すぎもとえいこ》

ドイツのある山《やま》の中《なか》に、小《ちい》さな湖《みずうみ》がある。高《たか》い山《やま》の上《うえ》なのに、その水《みず》の深《ふか》さははかりしれない。水《みず》の色《いろ》はいつも青《あお》くすきとおっている。湖《みずうみ》の近《ちか》くの村《むら》では、こんな話《はなし》がつたえられている。

むかし、この村《むら》でもほかの地域《ちいき》とおなじように、長《なが》い冬《ふゆ》の夜《よる》には、わかい娘《むすめ》たちが一軒《けん》の農家《のうか》にあつまって、歌《うた》やおしゃべりを楽《たの》しみながら糸《いと》をつむぐのが習慣《しゅうかん》になっていた。糸《いと》つむぎの部屋《へや》といって、そこにはわかものたちも遊《あそ》びにくる。ときには娘《むすめ》たちと明《あ》け方《がた》までダンスを楽《たの》しむこともあった。まあ、わかいものたちにとって、仲《なか》よくなれる場所《ばしょ》ってことだ。

ある晩《ばん》、大《おお》きな農家《のうか》の糸《いと》つむぎ部屋《べや》に、村《むら》の住人《じゅうにん》でないわかい娘《むすめ》が三人《にん》あらわれた。三人《にん》とも真《ま》っ白《しろ》い服《ふく》を着《き》て、手《て》には村《むら》では見《み》たこともない、めずらしい形《かたち》の糸車《いとぐるま》をもっていた。肌《はだ》はすきとおるように白《しろ》く、目《め》は青《あお》くすんでいた。

三人《にん》の娘《むすめ》たちはしずかに部屋《へや》の中《なか》に入《はい》ると、にこやかにあいさつして、やさしい声《こえ》で歌《うた》うようにいった。

「わたしたちも仲間《なかま》に入《い》れてください」

　村人《むらびと》たちはとつぜんの訪問者《ほうもんしゃ》にあわてた。いままでこんなに美《うつく》しい娘《むすめ》たちを見《み》たことがない。しばらくは無遠慮《ぶえんりょ》に三人《にん》をジロジロとながめていたが、まもなく、いすが用《よう》意《い》された。三人《にん》は村《むら》の娘《むすめ》たちの輪《わ》に入《はい》って、手《て》ぎわよく糸車《いとぐるま》をブン、ブン、ブンとまわした。つむぐ糸《いと》はしなやかで銀色《ぎんいろ》にかがやき、まるで異国《いこく》のもののようだった。村《むら》のわかものたちは糸《いと》をつむぐ三人《にん》の美《うつく》しさに目《め》をうばわれ、娘《むすめ》たちはつむぐ糸《いと》の細《ほそ》さに

ため息《いき》をついた。

しかし、村《むら》の娘《むすめ》たちも負《ま》けていない。きそって糸車《いとぐるま》をまわした。あっちでもこっちでも、糸車《いとぐるま》がブン、ブン、ブン、ブンと音《おと》をたててまわり、その夜《よる》はものすごいいきおいで仕事《しごと》が進《すす》んだ。そのうちに三人《にん》もおしゃべりの輪《わ》にくわわって、楽《たの》しい夜《よる》がすぎていった。

ところが、大《おお》きな柱時計《はしらどけい》が十一時《じ》をしらせると、三人《にん》はすばやく糸車《いとぐるま》や糸巻棒《いとまきぼう》をまとめて、大《おお》いそぎで帰《かえ》っていった。

それから三人《にん》はしばしば糸《いと》つむぎ部屋《べや》をたずねてくるようになった。

でも、どんなにおしゃべりに夢中《むちゅう》になっていても、十一時《じ》の鐘《かね》がなると、すばやく帰《かえ》り支度《じたく》をはじめる。娘《むすめ》やわかものがいくらひきとめても、三人《にん》は、「父《とう》さんと約束《やくそく》した時間《じかん》だわ」と小《ちい》さな声《こえ》でつぶやくと、いそいで帰《かえ》っていった。

村《むら》のだれひとり、三人《にん》がどこからくるのか、どこへ帰《かえ》っていくのかまったくしらなかった。そのうちに村人《むらびと》たちのあいだで、

「湖《みずうみ》からくるんじゃあないか。いつも湖《みずうみ》のほうに帰《かえ》っていくみたいだ」

「長《なが》いスカートのすそがすこしぬれている」

とささやかれ、

「ほら、むかしから湖《みずうみ》に三姉妹《しまい》が住《す》んでいるっていわれているからな」

「その三姉妹《しまい》にちがいない」

とうわさがたった。

そんなうわさがあっても、三人《にん》の娘《むすめ》は糸《いと》つむぎ部屋《べや》にくると、新《あたら》しい歌《うた》をうたい、めずらしい物語《ものがたり》をたくさん話《はな》してくれた。糸《いと》つむぎ部屋《べや》には前《まえ》にもましてたくさんのわかものたちがあつまるようになり、だれもが三人《にん》に夢中《むちゅう》になった。三人《にん》はいつもあたたかく居心地《いごこち》のよい輪《わ》の中心《ちゅうしん》にいた。ときにはそんな三人《にん》に、村《むら》の娘《むすめ》たちがやきもちをやくこともあったが、みな礼儀正《れいぎただ》しく、楽《たの》しい夜《よる》をすごした。

しばらくすると、糸《いと》つむぎ部屋《べや》の農家《のうか》の息子《むすこ》は、三人《にん》を思《おも》う気持《きも》ちが強《つよ》くなり、十一時《じ》の鐘《かね》の音《おと》をいまいましく思《おも》うようになった。すこしでも長《なが》くいてもらうためにはどうしたらいいか考《かんが》えた。そしてある日《ひ》、（時計《とけい》をおくらせればいいのだ！）と、思《おも》いついた。

その晩《ばん》三人《にん》の娘《むすめ》たちがいつものいすにすわると、息子《むすこ》はそっと柱時計《はしらどけい》のところに行《い》き、時計《とけい》の針《はり》を一時間《じかん》もどした。三人《にん》はいつものように十一時《じ》の鐘《かね》がなるまで、歌《うた》をうたい糸車《いとぐるま》をまわしていた。そして鐘《かね》がなると、すでに真夜中《まよなか》になっているということもしらずに、帰《かえ》っていった。

つぎの朝《あさ》、きこりが湖《みずうみ》のそばをとおると、水《みず》の中《なか》からすすり泣《な》く声《こえ》がして、それからうめき声《ごえ》が聞《き》こえてきた。しばらくすると、湖《みずうみ》の表面《ひょうめん》に大《おお》きな血《ち》の輪《わ》が三《みっ》つうかんだ。その輪《わ》がだんだんに広《ひろ》がり、まもなく湖全体《みずうみぜんたい》が真《ま》っ赤《か》になった。

その日《ひ》から三人《にん》の娘《むすめ》たちが、糸《いと》つむぎ部屋《べや》にくることはなかった。

一方《いっぽう》、農家《のうか》の息子《むすこ》はその晩《ばん》から病気《びょうき》になり、三日後《みっかご》に死《し》んでしまった。

しばらくすると、湖《みずうみ》はまたもとのようにすんだ青《あお》い色《いろ》になったが、一年《ねん》に一度《ど》だけ、その日《ひ》がくると湖《みずうみ》の水《みず》は真《ま》っ赤《か》になる。

村《むら》の人《ひと》びとは、「水《みず》の精《せい》の父親《ちちおや》が、約束《やくそく》をまもらなかったことにおこって罰《ばつ》をあたえたのだろう」といいあった。

瓜生島《うりゅうじま》の話《はなし》

岩崎京子《いわさききょうこ》

むかし、別府湾《べっぷわん》に、瓜生島《うりゅうじま》という小《ち》さな島《しま》があったそうです。大分《おおいた》から約《やく》四キロメートルほど沖《おき》ということですが、いま、ありません。慶長《けいちょう》のころ（一五九六〜一六一五年《ねん》ごろ）、大地震《おおじしん》があり、津波《つなみ》でしずんでしまいました。

大分《おおいた》にとっても、だいじな島《しま》でした。島《しま》には「沖《おき》の浜《はま》」といういい港《みなと》があったからです。

大分《おおいた》の港《みなと》は遠浅《とおあさ》で、大《おお》きな船《ふね》はつけません。
ですから、大分《おおいた》の殿様《とのさま》にあてててヨーロッパや東南《とうなん》アジアから南蛮船《なんばんせん》が
やってくると、まず沖《おき》の浜《はま》で荷《に》をおろし、小舟《こぶね》で大分《おおいた》に運《はこ》んだそうです。
港《みなと》はその商品《しょうひん》をあつかう店《みせ》がならび、「港千軒《みなとせんげん》」といわれるほどのに
ぎわいでした。
瓜生島《うりゅうじま》にはその他《た》、魚《さかな》をとる人《ひと》、田《た》や畑《はたけ》をたがやす人《ひと》たちがいました。
みんな平和《へいわ》に、しずかにくらしていました。
島《しま》の一段高《いちだんたか》いところには、恵比寿様《えびすさま》の像《ぞう》をまつったお宮《みや》がありました。
瓜生島《うりゅうじま》の島長《しまおさ》は、

「えべっさんは、この島《しま》ば、ずっとまもってこらっしゃった。おらたちの心配《しんぱい》しとったのは台風《たいふう》と、地震《じしん》と津波《つなみ》じゃ。こげな小《ちい》さか島《しま》は、とぷんと海《うみ》にしずんでしまう。そげなことのおこる前《まえ》に、えべっさんは島《しま》のもんに教《おし》えてくださる」

「どげんして？」

「津波《つなみ》の前《まえ》、えべっさんの目《め》ぇの赤《あか》くなるげな。気《き》をつけて見《み》とかんと……」

でもみんな、あんまり心配《しんぱい》していません。

とくにわかものたちはみんなのんきで、

「聞《き》いたかよ。津波《つなみ》くるとき、えべっさまの目《め》ぇの赤《あか》くなるげな」

「あれ、えべっさまは石《いし》だべ。石《いし》がどげんして、目《め》ぇ赤《あこ》うすっとね」

「……」

「えべっさまに聞《き》いてみっか？」

「石《いし》が返事《へんじ》すっかよ」

「よし、ほんまかうそか、ためしてみっか」

いいだしたわかものは、その夜《よる》こっそり、島《しま》の石段《いしだん》をのぼっていきました。そしてかくしもったベンガラを、恵比寿様《えびすさま》の目《め》にぬりつけました。

つぎの朝《あさ》、いつものとおり、おまいりに行《い》った島《しま》のおじいさんは、びっくり仰天《ぎょうてん》。

「ありゃあ、えべっさんの目《め》ぇ、赤《あこ》うなっとっと。こりゃ大《おお》ごとよ。津波《つなみ》のしらせたい」

あわてふためいて、島中《しまじゅう》にふれまわりました。

「大《おお》ごとばい。はようにげんと、津波《つなみ》んくっと。島《しま》のしずむたい」

「なんでや。海《うみ》はないでるじゃなかね」

「おつげんあったたい。えべっさんの目《め》ぇのまっ赤《か》っかよ」

「……」

「魚《さかな》とりの舟《ふね》にのせてもらえ。たんすもふとんも茶《ちゃ》わんもみなおいて、身《み》ひとつでにげろ」

「舟《ふね》にのれんかったら……」

「のれんかったらおよげ。大分《おおいた》の浜《はま》まで、すぐそこたい。島《しま》のもんなら、子《こ》ども衆《しゅう》だって、およげる」

そのようすを見《み》たわかものたちは、大《おお》よろこび。

「うふっ、おいらがえべっさまのお顔《かお》にベンガラぬったもんね。うまくいった。ふん、みんなのさわぎよう……」

「ほれ、下《した》の畑《はたけ》にすいかがのこっとった。食《た》べごろや。へっ、これもおいてにげだした」

「うるさい大人衆《おとなしゅう》がいなくなって、せいせいしたな。これからはおらっちの島《しま》たい」

そのとき、どどっとゆれました。

ひとりが顔《かお》をあげました。でもほかのものはべつに気《き》にしていないようでした。

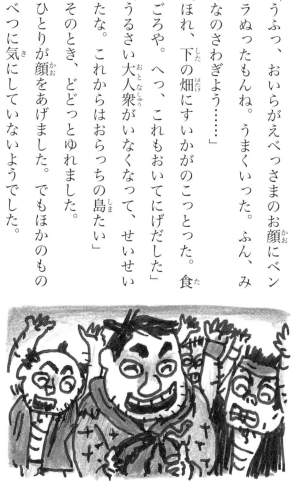

じつは恵比寿様《えびすさま》のお宮《みや》の石段《いしだん》の下《した》まで、海《うみ》の水《みず》があがってきていたのですが……。

とつぜん、障子《しょうじ》をけたおすように、水《みず》がおどりこんできました。

「にげろ。ここにおってはあぶなか」

「どこににげる？　ここは島《しま》のてっぺんじゃなかね。まわりは海《うみ》よ」

「ええーっ」

いくらさけんでも、あとのまつりです。宮《みや》の柱《はしら》にだきついていたわかものたちはふりはらわれて、水《みず》の中《なか》にほうりだされてしまいました。

瓜生島《うりゅうじま》はとっぷり、波《なみ》にのみこまれました。

帰《かえ》りのHR《ホームルーム》

教室《きょうしつ》のドアがあいて、入《はい》ってきたのは、真《ま》っ赤《か》な服《ふく》を着《き》たムラサキババアさん。

「えーっ、なに！」

みんな、あっけにとられてぽかんとしています。赤《あか》い服《ふく》のムラサキババアさんを見《み》たのははじめてです。

「どうしたの、みなさん。きゅうにだまってしまって。色《いろ》についての勉《べん》

赤《あか》いずきん
（いちご風《ふう》）
いつもの服《ふく》
赤《あか》い
ほおべに
赤《あか》すぎる
口《あか》べに
太陽《たいよう》がらの
赤《あか》い服《ふく》
あつくるし
そうな
赤《あか》スカート
赤《あか》いヒール

強《きょう》はどうでしたか」

　めずらしく、だれも手《て》をあげません。いつもなら、すぐに発言《はつげん》をする河童《かっぱ》の一平《いっぺい》も下《した》をむいたままです。

「では、ポン太《た》くん、感想《かんそう》を聞《き》かせて」

「は、はい。いろいろ勉強《べんきょう》になりました」

「いろいろって？　たとえば、どんなこと」

「えーと、色《いろ》をかえることによって印象《いんしょう》というか、イメージがまったくちがってきます」

「そうですね。色《いろ》には雰囲気《ふんいき》をがらりとかえ

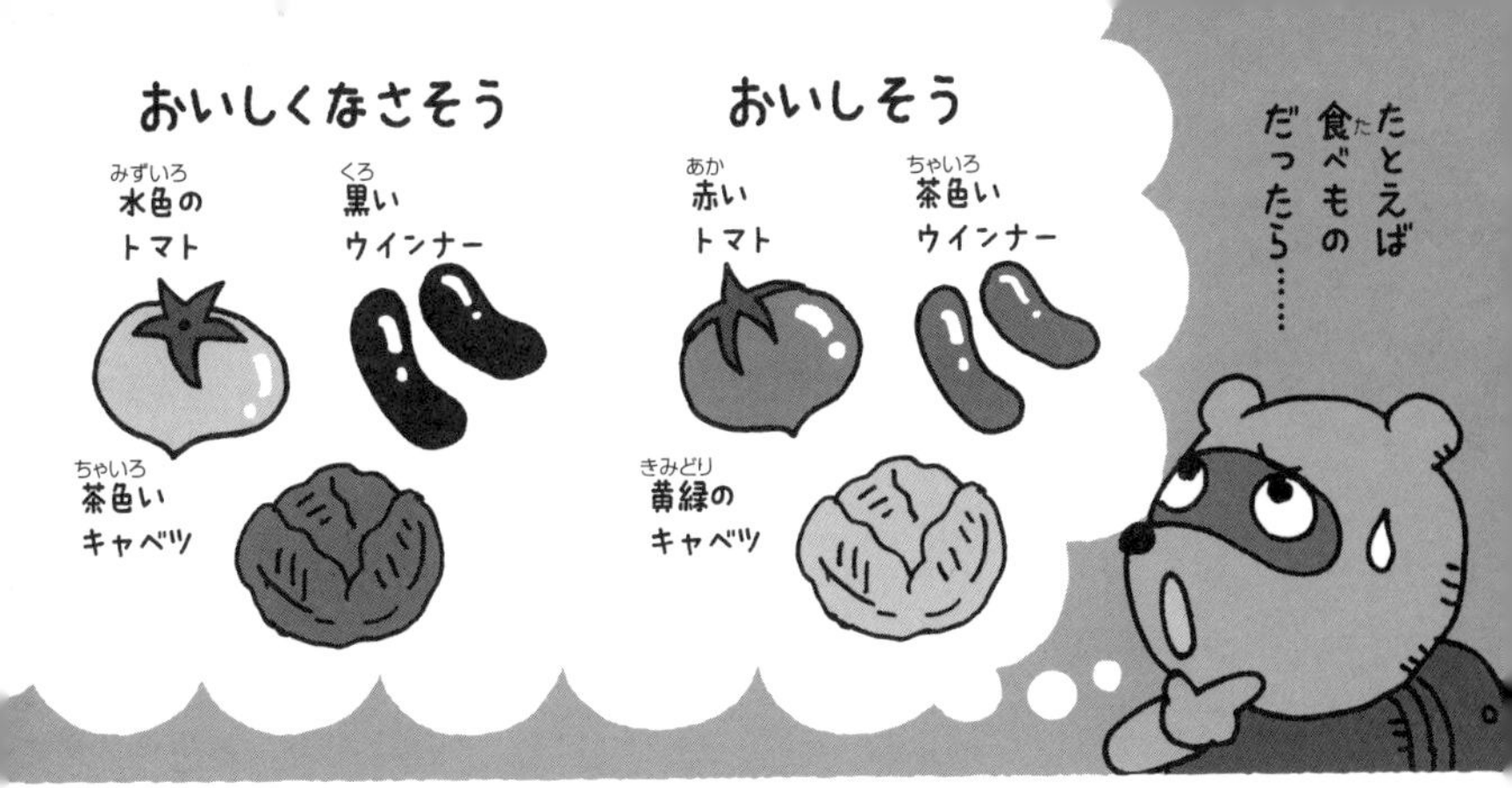

るふしぎな力《ちから》があります。よいことに気《き》がつきました」

ムラサキババアさんは、なっとくしたようにうなずきました。そして、

「たとえば、今日《きょう》の、わたしの服《ふく》の色《いろ》はどうですか」と聞《き》きました。すると、トイレの花子《はなこ》が、

「赤《あか》い服《ふく》はとても情熱的《じょうねつてき》に見《み》えます、でも……」

といって口《くち》ごもりました。

「でも、なんなの？」

※名画《めいが》「黒猫《くろねこ》をだく少女《しょうじょ》」：大富豪《だいふごう》が病弱《びょうじゃく》な娘《むすめ》のためにかった猫《ねこ》と娘《むすめ》の絵《え》。
病気《びょうき》で亡《な》くなる2週間前《しゅうかんまえ》にかいてもらったらしい。一説《いっせつ》では彼女《かのじょ》が死《し》んだのは
その猫《ねこ》が化《ば》け猫《ねこ》で、娘《むすめ》の生気《せいき》をうばったのでは…といわれている。

「ムラサキババアなのに赤《あか》い服《ふく》なんて、へんじゃないですか」

「わたしだってときにはムラサキ以外《いがい》の服《ふく》も着《き》るわよ。色《いろ》をかえるたびに、名前《なまえ》をかえるわけにはいかないでしょ。それに、アカババアなんて、なんだかきたならしくていやだわ」

むっとした顔《かお》でいいました。

「色《いろ》について、このほかになにか気《き》がついたことはありますか？」

タンタンコロリンが手《て》をあげて聞《き》きました。

「図工室《ずこうしつ》にかけてある〈黒猫《くろねこ》をだく少女《しょうじょ》〉の絵《え》の話《はなし》はほんとうですか？」

「ああ、黒猫《くろねこ》が白猫《しろねこ》にかわるというふしぎな話《はなし》のことね」

「ぼく、ときどき見《み》てるけど、いつも黒猫《くろねこ》のままです」

「白猫《しろねこ》にかわるのは、一年《ねん》に一度《ど》、それもきまった時間《じかん》だけよ」

「それって、いつですか！」

みんなは一斉《いっせい》にムラサキババアさんを見《み》た。

「それはね、開校記念日《かいこうきねんび》。つまり、四月四日《がつよっか》の四時《じ》四十四分《ぷん》四十四秒《びょう》に一瞬白《いっしゅんしろ》くなるのです」

「ほんとうですか」

「もちろんほんとうよ。わたしも一度《ど》見《み》て、びっくりしたわ。でも、開《かい》校記念日《こうきねんび》は学校《がっこう》はお休《やす》みだから、あなたたちは見《み》られないわね」

「なぁーんだ」

がっかりした声《こえ》が教室《きょうしつ》にもれました。

下校中《げこうちゅう》　みんなで　見《み》せあいっこ!!

解説《かいせつ》

米屋陽一《よねやようういち》

みなさん、こんばんは。今夜《こんや》の「オウマガドキ学園《がくえん》」の授業《じゅぎょう》はいかがでしたか。わたしたちの身《み》のまわりには、自然界《しぜんかい》のさまざまな色《いろ》と人工的《じんこうてき》に作《つく》られた色《いろ》とが共存《きょうぞん》しています。色《いろ》をあらわす古代《こだい》の日本語《にほんご》は「赤《あか》・黒《くろ》・白《しろ》・青《あお》」の四語《ご》でした。赤《あか》は「あかるい」、黒《くろ》は「くらい」と語源《ごげん》がおなじだといわれています。いろいろな色《いろ》にかこまれて、「十人十色《じゅうにんといろ》」の人《ひと》たちとかかわりながら、わたしたちはくらしているのです。

今日《きょう》の**「はじまりのHR《ホームルーム》」**は、キジムナー赤毛先生《あかげせんせい》のお話《はなし》です。人間界《にんげんかい》では「赤《あか》は魔《ま》よけ」の色《いろ》で、妖怪《ようかい》たちは赤《あか》い色《いろ》があるとどのような場面《ばめん》でも近《ちか》づけないことを説《せつ》明《めい》しました。

1時間目《じかんめ》の**「黄色《きいろ》か水色《みずいろ》か」**は、図書館《としょかん》にかざってある『読書《どくしょ》する娘《むすめ》』の絵《え》のふしぎな話《はなし》です。娘《むすめ》の黄色《きいろ》いドレスが水色《みずいろ》にかわったり、また黄色《きいろ》にかわったりするのです。まさに学校《がっこう》の怪談《かいだん》ですね。**「公園墓地《こうえんぼち》の公衆電話《こうしゅうでんわ》」**は、二十年《ねん》も前《まえ》に亡《な》くなった愛子《あいこ》さんから「花《はな》がきれいよ」と電話《でんわ》がかかってきたというふしぎな話《はなし》です。友《とも》だち三人《にん》とお墓《はか》まいり。愛子《あいこ》さんは公衆電話《こうしゅうでんわ》が撤去《てっきょ》されることを心配《しんぱい》して、三人《にん》の前《まえ》に姿《すがた》をあらわしたのでしょうか。

休《やす》み時間《じかん》は、色《いろ》にまつわる**「いろいろクイズ」**です。何問《なんもん》できたでしょうか。友《とも》だちにもクイズを出《だ》していっしょに楽《たの》しみましょう。

2時間目《じかんめ》の**「妖精《ようせい》の白《しろ》い牛《うし》」**は、イギリスのウェールズ地方《ちほう》の話《はなし》です。妖精《ようせい》の女《おんな》は緑《みどり》の服《ふく》を着《き》ていたので「緑《みどり》の女《おんな》」。ある男《おとこ》が妖精《ようせい》の白《しろ》い牛《うし》を手《て》に入《い》れて、その牛《うし》が年《とし》老《お》いたので肉屋《にくや》に売《う》りました。そのとき、牛《うし》の子《こ》ども、孫《まご》、ひ孫《まご》たちは、緑《みどり》の女《おんな》と丘《おか》をこえて姿《すがた》をけしました。のこった一頭《とう》の白《しろ》い牛《うし》は真《ま》っ黒《くろ》になりました。ウェールズの黒《くろ》い牛《うし》の由来《ゆらい》をつたえています。**「青《あお》いストール」**は、ふしぎなドッペルゲンガー(生《い》き写《うつ》し、分身《ぶんしん》)の話《はなし》です。真由《まゆ》は大学《だいがく》の授業《じゅぎょう》を休《やす》みました。しかし青《あお》いストールを身《み》につけた真由《まゆ》の姿《すがた》を、友《とも》だち三人《にん》がそれぞれ大学《だいがく》で見《み》たのでした。真由《まゆ》が自分《じぶん》の家《いえ》の鏡《かがみ》の前《まえ》で試着《しちゃく》した服《ふく》とおなじでした。真由《まゆ》の魂《たましい》がぬけだしたのでしょうか。

3時間目《じかんめ》の**「赤《あか》い髪《かみ》の女《おんな》」**は、ブラジルの話《はなし》です。黒人奴隷《こくじんどれい》の砂金《さきん》ほりアントニオに、赤《あか》い髪《かみ》の女《おんな》が青《あお》、赤《あか》、黄《き》のリボンと鏡《かがみ》を買《か》ってきてくれとたのみました。女《おんな》は金《きん》の女神《めがみ》でした。そのとおりにすると、女神《めがみ》は金塊《きんかい》のありかを教《おし》えました。アントニオは主人《しゅじん》に教《おし》えました。しかし、砂山《すなやま》はくずれ主人《しゅじん》はうまってしまいました。「欲《よく》に目《め》がくらむ」ことには要注意《ようちゅうい》ですね。**「赤姫様《あかひめさま》」**はフランスの沈島伝説《ちんとうでんせつ》です。海《うみ》にしずんだアエス王女《おうじょ》は赤《あか》い大《おお》きなもやを立《た》ちのぼらせ、暴風雨《ぼうふうう》をおこし船《ふね》をしずめました。漁師《りょうし》たちは赤姫様《あかひめさま》とよび、七年《ねん》ごとの怒《いか》りをおそれました。ある女《おんな》の力《ちから》によって赤姫《あかひめ》様《さま》はきえ、おぼれ死《じ》んだ人《ひと》たちはよみがえりました。手《て》に入《い》れた金貨《きんか》は、ミサが必要《ひつよう》な霊魂《れいこん》と生《い》きているものにほどこされました。

4時間目《じかんめ》の**「東京大空襲《とうきょうだいくうしゅう》と白《しろ》い龍《りゅう》」**は、一九四五（昭和《しょうわ》二十）年《ねん》三月十日前後《さんがつとおかぜん》のほんとうの話《はなし》です。台所《だいどころ》の壁《かべ》にはった火伏《ひふ》せの御札《おふだ》の龍《りゅう》が、おコマばあさんの命《いのち》と家《いえ》をすくったのでした。龍《りゅう》や蛇《へび》、信心《しんじん》している神仏画《しんぶつが》の絵《え》がぬけだし、天変地異《てんぺんちい》、火事《かじ》、事故《じこ》から命《いのち》や家《いえ》をまもってくれたという話《はなし》は各地《かくち》に伝承《でんしょう》されています。**「火《ひ》の馬《うま》」**は少年《しょうねん》シンヤのふしぎな話《はなし》です。シンヤには真《ま》っ赤《か》にもえる馬《うま》、火《ひ》の馬《うま》が見《み》え、交通事故《こうつうじこ》、火事《かじ》などを予知《よち》する力《ちから》を発揮《はっき》したのでした。地震《じしん》のあとの大火事《おおかじ》からものがれることができました。

給食《きゅうしょく》の時間《じかん》の**「清明節《せいめいせつ》には草《くさ》もちもって」**は、スマホが印刷《いんさつ》された紙銭《しせん》が登場《とうじょう》する中国《ちゅうごく》の最新版《さいしんばん》の話《はなし》です。「ハナシ」はいつでもどこでも発生《はっせい》するからおもしろいですね。

5時間目《じかんめ》の**「紫女《むらさきおんな》」**は、紫色《むらさきいろ》の服《ふく》を着《き》てわかい男《おとこ》の命《いのち》をすい、わかさと美《うつく》しさをたもつ妖怪《ようかい》の話《はなし》です。妖怪《ようかい》の正体《しょうたい》は、花《はな》さくことなくかれた藤《ふじ》の木《き》の精《せい》だったのでしょうか。**「足《あし》をとりかえられた男《おとこ》」**は中国《ちゅうごく》の話《はなし》です。ふたりの医者《いしゃ》の術《じゅつ》くらべの笑《わら》い話《ばなし》「どうもこうも」ににている話《はなし》ですね。

6時間目《じかんめ》の**「湖《みずうみ》に住《す》む三姉妹《しまい》」**はドイツの話《はなし》です。三姉妹《しまい》は村《むら》の娘《むすめ》たちの輪《わ》に入《はい》って糸《いと》つむぎ、歌《うた》や物語《ものがたり》やダンスで楽《たの》しみ、帰《かえ》りの時間《じかん》の約束《やくそく》をやぶりました。水《みず》の精《せい》の父親《ちちおや》は三姉妹《しまい》に罰《ばつ》をあたえました。つぎの日《ひ》の朝《あさ》、湖全体《みずうみぜんたい》が血《ち》で真《ま》っ赤《か》になりました。人《ひと》と人《ひと》との約束《やくそく》はまもらなくてはなりませんね。**「瓜生島《うりゅうじま》の話《はなし》」**は、大分県《おおいたけん》の別府湾《べっぷわん》の沈島伝説《ちんとうでんせつ》です。慶長《けいちょう》（一五九六〜一六一五年）の大地震《おおじしん》によるものとしてつたえられています。

「帰《かえ》りのHR《ホームルーム》」の担当《たんとう》はムラサキババアさん。真《ま》っ赤《か》な服《ふく》を着《き》て教室《きょうしつ》に入《はい》ってきたのはなぜでしょうか。赤色《あかいろ》は古代《こだい》から魔《ま》よけの色《いろ》です。江戸時代《えどじだい》の赤《あか》くぬられた疱瘡《ほうそう》（天然痘《てんねんとう》）よけの郷土玩具《きょうどがんぐ》や赤絵《あかえ》（疱瘡絵《ほうそうえ》）が各地《かくち》につたえられています。東京《とうきょう》・浅草寺境内《せんそうじけいだい》で雷《かみなり》よけの赤《あか》とうもろこしが売《う》られていたことも記録《きろく》されています。赤《あか》ふんどし、赤《あか》いこしまき、消防自動車《しょうぼうじどうしゃ》、赤十字《せきじゅうじ》、郵便《ゆうびん》ポスト、赤信号《あかしんごう》……。身近《みぢか》ないろいろな色《いろ》をしらべてみましょう。おもしろいことを発見《はっけん》するかもね。あしたも元気《げんき》に登校《とうこう》しましょうね。

いろいろクイズ こたえ

言葉編《ことばへん》 35ページ

1 二 赤《あか》っ恥《ぱじ》

2 三 ぜんぜんしらない人《ひと》

おばけ編《へん》 55ページ

1 二 白《しろ》

2 二 凍死《とうし》させるため

※あの世《よ》に行《い》く再生《さいせい》の色《いろ》は、
白《しろ》としんじられています。

うわさ編《へん》 74〜75ページ

1 三 黄色《きいろ》

2 三 紺《こん》

※赤《あか》は「血《ち》まみれになる」、
青《あお》は「血《ち》をぬかれる」といわれています。
みんなも聞《き》かれたらまちがわないようにね。

「コーン(紺《こん》)コーン(紺《こん》)」という
ダジャレだよ。
※なき声《ごえ》に色《いろ》はついていません。

言葉編《ことばへん》2 105ページ

1 三 動物《どうぶつ》が悲《かな》しんでながす涙《なみだ》

上級者編《じょうきゅうしゃへん》 127ページ

1 一 赤《あか》

2 四 敵役《かたきやく》

※赤《あか》は魔《ま》よけの色《いろ》として
しんじられてきました。

※心《こころ》がねじけていて悪《わる》い性格《せいかく》を、
色《いろ》であらわしています。

95ページのこたえ

①きゅうり ②あぶらあげ ③あずき ④かき氷《ごおり》 ⑤あめ ⑥おにぎり

怪談オウマガドキ学園編集委員会

常光 徹(責任編集) 岩倉千春
高津美保子 米屋陽一

協力

日本民話の会

怪談オウマガドキ学園
19 図工室のふしぎな絵

2016年10月15日 第1刷発行
2017年 3 月15日 第2刷発行

怪談オウマガドキ学園編集委員会・責任編集 ■ 常光 徹
絵・デザイン ■ 村田桃香(京田クリエーション)
絵 ■ かとうくみこ 山﨑克己
写真 ■ 岡倉禎志

発行所 株式会社童心社
〒112-0011 東京都文京区千石4-6-6
03-5976-4181(代表) 03-5976-4402(編集)
印刷 株式会社光陽メディア
製本 株式会社難波製本

Published by DOSHINSHA Printed in Japan
ISBN978-4-494-01727-0 NDC913 159p 17.9×12.9cm
http://www.doshinsha.co.jp/

オウマガドキ学《がく》園《えん》 4コマ劇《げき》場《じょう》

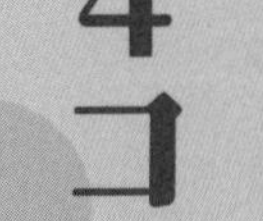

顔《かお》をかこう